COISAS SOBRE
COIMBRA
O PICA
E A BRIOSA

Obras do Autor

PONTAPÉS P'RO AR — 1951 (Esgotada)
PATRÕES FEUDAIS — 1974 (Esgotada)
MENINOS DE BIBE E CALÇÃO — 1992 (Esgotada)

Nas Bancas

COISAS SOBRE COIMBRA, O PICA E A BRIOSA

ANTÓNIO CURADO
Antigo jogador da Académica

COISAS SOBRE COIMBRA O PICA E A BRIOSA

COIMBRA
2000

TÍTULO:	COISAS SOBRE COIMBRA O PICA E A BRIOSA
AUTOR:	ANTÓNIO CURADO
CAPA	MANUEL DA SILVA PEREIRA
DISTRIBUIDORES:	Livraria Almedina Arco de Almedina, 15 Telef. 239 851900 Fax 239 851901 3004-509 Coimbra – Portugal Livraria Almedina – Porto Rua de Ceuta, 79 Telef. 22 2059773 Fax 22 2039497 4050-191 Porto – Portugal Edições Globo, Lda. Rua S. Filipe Nery, 37-A (ao Rato) Telef. 21 3857619 Fax 21 3844661 1250-225 Lisboa – Portugal Livraria Almedina ATRIUM SALDANHA LOJA 31 PRAÇA DUQUE DE SALDANHA, 1 Telef. 21 371269/0 atrium@almedina.net
EXECUÇÃO GRÁFICA:	G.C. – Gráfica de Coimbra, Lda. Palheira – Assafarge 3001-453 Coimbra Email: producao@graficadecoimbra.pt DEZEMBRO, 2000
DEPÓSITO LEGAL:	159627/00 Toda a reprodução desta obra, por fotocópia ou outro qualquer processo, sem prévia autorização escrita do Autor, é ilícita e passível de procedimento judicial contra o infractor.

À Família
Aos Amigos
A Coimbra
À Briosa

Introdução

Caríssimos leitores.

Pela quarta vez me lanço na aventura de escrever um livro. E, porque os três primeiros foram bem aceites pelo vosso benevolente interesse e se esgotaram, estou em crer que este, igualmente merecerá a desejada aceitação.

O meu baptismo, como "escritor", deu-se com a publicação do "PONTAPÉS P'RÓ AR", em 1951, quando ainda jogador da BRIOSA, onde se versavam temas sobre o futebol académico, em tom que pretendi ser humorístico,

A presente edição é um reavivar de recordações, em que, do meu espólio, transcrevo vários depoimentos sobre acontecimentos passados em COIMBRA e na BRIOSA. Uns, bons, para servirem de exemplo futuro, outros, maus, que, pelas suas consequências negativas, não são de repetir.

Também neste livro relato, com a fidelidade possível, alguns dos pitorescos episódios que vivi, pessoalmente, com o célebre e inesquecível "estudante-boémio" PICA, muitos dos quais do desconhecimento geral.

Igualmente nesta edição, destaco algumas das figuras que, nas últimas décadas, se sobressaíram na vida do futebol académico.

Não por mim, mas pelos textos apresentados, estou em acreditar que este livro, também irá merecer, com indulgência, a melhor atenção e interesse dos caríssimos leitores.

Que assim seja!

O autor

SOBRE COIMBRA E A BRIOSA

Cartas que me chegam de longe

Confesso, muito sinceramente, nunca ter imaginado minimamente sequer, que os meus modestos escritos sobre COIMBRA e sobre a BRIOSA viessem a merecer tão interessada atenção por parte de tantos leitores, muitos deles até, residentes no estrangeiro, mais ou menos próximo e alguns (deixou-me pasmado!) dos "confins do mundo".

Mas o certo, porém, é que tal acontece, conforme testemunham as inúmeras cartas que vou recebendo, daqui, dacolá e de bem longe, dando-me alvitres e estimulando-me para que prossiga, cartas essas, claro, que vou guardando no meu arquivo de simples "escritor de ocasião".

Sei, com toda a verdade, porque tenho os pés bem assentes na terra, que a repercussão dos meus artigos não se deve ao meu "engenho e arte de bem escrever", mas sim, principalmente, ao inequívoco facto de COIMBRA e a BRIOSA serem dois irmanados pólos de referência que, perenemente, perduram na recordação de todos aqueles que, agora, longe das margens mondeguinas, nasceram na LUSA ATENAS ou lá residiram ou estudaram e dela e da BRIOSA se fizeram "prisioneiros" para todo o sempre, seja qual for o quadrante do mundo onde actualmente se radicam.

As cartas que tenho vindo a receber são prova eloquente desse singular fenómeno afectivo, que poderá não ser inédito, mas contudo raríssimo, uma vez que me são remetidas de vários países distantes, como que a afirmar que COIMBRA e a BRIOSA continuam no âmago dos corações dos seus autores, tão saudosos dos tempos idos.

Tenho, por exemplo, a missiva de Joaquim Lourenço Baptista, proprietário do "ALEX BAR", em Toronto--Canadá, onde vive há quinze anos, que se diz conimbricense da Alta (rua dos Militares) e afirma ter uma estampa de COIMBRA e um emblema da ACADÉMICA afixados no seu estabelecimento. Tenho outra de Daniel Silva Pereira, administrativo em Macau, que diz ter estudado no Colégio S. Pedro, à Praça da República, e se confessa acérrimo "torcedor" da BRIOSA. Tenho ainda uma outra do Dr. Justino da Fonseca, advogado em Cape Town, na África do Sul, confessando ter saudades das "jogatinas" no Café Brasileira e da "sua" Real República dos Kágados.

Por último, de entre outras cartas que recebi cá de dentro do país, saliento, ainda, a de Amilcar Silva Nascimento, radicado em George Bishop Street, em Chelsea--Inglaterra, natural de Viseu, que afirma ostentar na lapela, o emblema da ACADÉMICA há mais de quarenta anos e gostar de ouvir fados de COIMBRA, do Menano, do Gois, do Camacho Vieira e do Zeca Afonso muito em especial, um prazer diário de que não abdica para "matar saudades".

Claro, que me sensibiliza e honra sobremaneira, que os meus artigos, inspirados sobretudo, com o coração na mente e influenciados pelo saudosismo ao meu tempo de jogador da BRIOSA e de conimbricense nato, provoquem, em tantos e de tão longínquas paragens, estas significativas reacções de indimensional e indefectível sentimentalismo.

Quem iria supor (eu, principalmente!), que os meus despretensiosos artigos publicados no Jornal de Notícias e no semanário ACADÉMICA, iriam servir de tão íntimo elo de ligação recordativa da BRIOSA (de sempre!) e de COIMBRA (doutros tempos), por parte daqueles que desta cidade há muito abalaram, mas deveras e indubitavelmente contagiados pela tradição e pela mística tão próprias e "sui géneris" da milenária conimbriga.

As cartas que tenho recebido, daqui, dacolá e de bem longe, são prova concludente do íntegro significado, bem sentido, do célebre fado "COIMBRA TEM MAIS ENCANTO, NA HORA DA DESPEDIDA", cujo sintomatismo e romântica interpretação testemunham, fielmente, na realidade, o que para sempre fica a perdurar no coração e na alma de todos aqueles que nasceram ou que, em qualquer tempo, residiram ou estudaram na vetusta e lendária cidade universitária, por excelência.

Uma vez mais juro nunca ter imaginado, no mínimo sequer, que os meus modestos artigos, como tentativa de mensagem, viessem a ter e a merecer tão vincada projecção.

Mas enfim, por todos os motivos estou feliz, super contente, por ter desencadeado uma envolvente, emotiva e sentimental reacção de todos aqueles que continuam a recordar COIMBRA (doutros tempos) e a BRIOSA (de sempre!).

As cartas que me chegaram, daqui, dali e de bem longe, são provas cabais desse meu sucesso inesperado e da minha sentida e compensadora satisfação.

Académica — Um clube universal

A ACADÉMICA DE COIMBRA não é um clube qualquer. É um histórico do futebol nacional de pergaminhos incontestados, que, mercê das suas peculiares e invulgares características, imprimiu sempre às suas actuações um excelente sabor exibicional, ainda por cima privilegiado com uma mística fora do comum.

A ACADÉMICA DE COIMBRA foi a vencedora da I TAÇA DE PORTUGAL. Participou oficialmente, nas competições da UEFA e "passeou" já a sua classe por todas as partilhas ao mundo, actuando nas Américas, em África, na Índia e na Ásia, em toda a parte deixando um rasto de admiração e simpatia.

A par desse notável currículo, a BRIOSA, como carinhosamente há muito a crismaram, realizou, também, através dos tempos, uma acção pedagógica e de recuperação social de que muitos dos seus jogadores beneficiaram (incluindo eu próprio).

Por todos os motivos, a ACADÉMICA DE COIMBRA tem merecido sempre uma manifesta e declarada ternura de todos os desportistas em geral, tendo-se tornado por isso, num verdadeiro "enfant gaté" do futebol português.

O historial da BRIOSA é deveras valioso e alicerçado em desempenhos desportivos e sociológicos que transcendem, em muito, a simples prática do futebol e a conquista de títulos, daí resultando que jamais se esvaia do pensamento de qualquer, ou ela própria se deixe sucumbir, tão perene é o seu secular património.

Assim pensam, agem e querem os seus adeptos e simpatizantes, milhares deles espalhados por todo o país e no mundo, que em épocas passadas foram estudantes de Coimbra ou que, por outra qualquer razão, a ela ficaram para sempre cativos, emocional e sentimentalmente.

E, a tal propósito, uma verdade é certa e categórica, uma vez que até no aspecto de massa anónima simpatizante a ACADÉMICA DE COIMBRA é ímpar no desporto português.

Um F. C. Porto, um Benfica, um Sporting ou outro qualquer notável clube, têm a base forte aos seus associados e adeptos nos próprios locais de origem. Com a BRIOSA dar-se-á precisamente o inverso, podendo mesmo garantir-se que, propocionalmente, tem mais simpatizantes fora dos muros da Lusa-Atenas do que, propriamente, dentro deles.

Tal fenómeno é perfeitamente compreensível, se atendermos ao facto de que, através dos tempos, grande parte dos estudantes, findos os seus cursos ou outros objectivos, abandona Coimbra, levando, porém, para onde quer que se fixem, a sua idolatria pela BRIOSA, dela continuando a ser adeptos incondicionais e indefectíveis, seja qual for o quandrante geográfico para onde se transfiram.

Outros há, ainda, e são tantos, que não obstante nunca terem sequer, habitado ou estudado na cidade do Mondego, mas, apenas rendidos pela atracção que dimana da ACADÉMICA, da sua mística e fundamentais objectivos, dela são também simpatizantes, embora afectos a outros clubes e componentes das diversas classes sociais.

Por toda esta auréola geral de simpatia, que toda a gente, de onde quer que seja, nutre pela turma dos capas negras, bem poderá confirmar-se, sem contestação, a "universalidade" da BRIOSA, na panorâmica do desporto nacional. E até, talvez, na moldura desportiva mundial.

Jogar na Briosa é ter futuro assegurado

A ASSOCIAÇÃO ACADÉMICA é centenária. Através dos tempos, a sua acção social e pedagógica, servindo-se do desporto, tem contribuído, indiscutivelmente, de forma relevante e diremos quase inédita no mundo, para a formação intelectual de centenas e centenas de jovens jogadores, que, propositadamente para isso, têm ido para Coimbra, não só para defender, em campo, a camisola dos capa-negras, mas também e simultaneamente, para assegurarem o seu futuro como cidadãos, frequentando e findando, com esse fim, os mais variados cursos superiores, na vetusta Universidade ou noutros estabelecimentos de ensino.

Foi até por esse ideário sempre posto em prática, que a ASSOCIAÇÃO ACADÉMICA, há muitos anos já, foi o primeiro clube nacional a ser outorgado oficialmente, como INSTITUIÇÃO DE UTILIDADE PÚBLICA, título que orgulhosamente ainda hoje conserva.

Hoje em dia, apesar da evolução sistemática e cada vez mais materializada que rege o futebol, os dirigentes académicos não desistem desse "modus vivendi", dessa inimitável e saudável forma de estar no desporto-rei, cuja concretização, porém, se vai tornando cada vez mais difícil, mercê das complexas estruturas económico-financeiras que o envolvem e das "nublosas" ingerências de que muitos se aproveitam e beneficiam.

Perante tal panorâmica, a verdade é só uma. A ASSOCIAÇÃO ACADÉMICA, precisamente por ser um clube "sui generis" e diferente, com ideal e postura nobres, mas sem poder financeiro, muito dificilmente poderá acompanhar a capacidade das outras colectividades, mormente, por exemplo, no recrutamento de jogadores-estudantes, com base na histórica condição "sine qua non" que, a todo o custo, deseja conservar e manter.

Já lá vai o tempo em que eram os próprios pais e família, os primeiros interessados em incentivar os promissores jovens futebolistas a prosseguirem nos estudos jogando na BRIOSA. Para esses responsáveis da educação dos seus afins, a conclusão dum curso superior era, sem sombra de dúvida, a melhor e a mais eficaz forma de precaver os seus futuros, logo que terminada a efémera carreira de desportista praticante.

Mas, até neste aspecto significativo, tudo mudou radicalmente, em desfavor da ASSOCIAÇÃO ACADÉMICA, desde que o futebol se transformou numa autêntica "roda dos milhões", com os clubes a transformarem-se em sociedades .anónimas, os dirigentes em oficializados empresários e os jogadores (como fulcro do negócio!) em "peças de troca e venda" no regateador e, por vezes, "nubloso" mercado do futebol.

Em consequência de tão drástica transformação, a ASSOCIAÇÃO ACADÉMICA sofreu assinalável revés, essencialmente, no recrutamento de jovens jogadores-estudantes vindos de outros pontos do país, como, também, no aproveitamento de destacados valores oriundos das suas escolas de formação, dos seus iniciados e juniores, agora, igualmente, já assediados por outros clubes nacionais e até estrangeiros, com a oferta de "chorudas" propostas,

No presente, ao contrário do que anteriormente acontecia, são os próprios pais e família que, esquecendo as reais e garantidas vantagens pedagógicas e intelectuais oferecidas pela BRIOSA, se deixam seduzir pela cativante (mas, tantas vezes enganadora!) alta "bolsa de valores" proporcionada pelo profissionalismo no futebol, e aconselham os seus afins a ingressar neste ou naquele clube melhor pagador de ocasião.

Esses pais e família, deslumbrados pelo "el dorado" dos cifrões, olvidam, todavia, que a vida desportiva dum jogador é efémera e curta, cheia de nefastos improvisos, e que, tantas e tantas vezes, apesar das grandes somas recebidas, por mal geridas ou por outras circunstâncias, não são pecúlio suficiente para uma digna sobrevivência para o resto da vida.

Centenas de casos existem, que comprovam a veracidade das nossas considerações. Cada um de nós conhece, infelizmente, alguns desses exemplos.

E são tantos e tantos os jogadores profissionalizados, que depois de "ídolos" em campo, durante uma ou duas décadas, e de carteira recheada até "largarem a bola", acabam por cair no absoluto anonimato, sem amigos e numa existência bastante precária.

Nesta conjuntura deprimente e confrangedora, a ASSOCIAÇÃO ACADÉMICA ocupa um lugar abissal e sumamente oposto. É certo que não compensa os seus jogadores com verbas transcendentes, mas proporciona-lhes, porém, através dos estudos e da consequente licenciatura em cursos superiores, a garantia duma vida sã, personalizada e sem dificuldades, depois da prática do futebol.

Entretanto, verdade se diga frontalmente, que a continuação, deste centenário "magnum opus" desenvolvido pela ASSOCIAÇÃO ACADÉMICA, está senão posto em causa e é "vítima", da evolução assás materializada das engrenagens do futebol, quer no aspecto económico, quer no do recrutamento de jogadores-estudantes.

Acreditamos, porém, que a ACADÉMICA sobreviverá, vitoriosamente, por quanto estará já no pensamento dos seus dirigentes a justificada e urgente criação duma FUNDAÇÃO BRIOSA como suporte financeiro, acrescida das vantagens da LEI DE MECENATO DESPORTIVO, implantada recentemente pelo governo. E, convencidos também estamos, de que as entidades oficiais citadinas e regionais, saberão, por fim, corresponder e contribuir, eficazmente, para a continuidade dum clube, que é figura emblemática do desporto nacional, da cidade de Coimbra, da região e de todo o centro do país.

Que todos, na letra e na forma, se capacitem dessa grande verdade!

Decaída e envelhecimento da massa associativa da Briosa

Atravessamos o ano de 1996 e há que denunciar a verdade nua e crua, doa a quem doer. Este artigo é um grito de alerta dirigido aos responsáveis da ASSOCIAÇÃO ACADÉMICA ou, melhor afirmando, aos das duas ASSOCIAÇÕES ACADÉMICAS inexplicavelmente existentes em Coimbra, desde 1974.

O futebol da BRIOSA é centenário, talvez até, o pioneiro em Portugal. E portanto, uma relíquia do nosso desporto, sempre com uma inédita e peculiar presença, assás, diferenciada da dos outros clubes, facto esse que, em todo o tempo, galvanizou a generalizada simpatia dos desportistas, mesmo que adeptos de outras colectividades. E isto em todo o país.

Sem dúvida nenhuma, a ASSOCIAÇÃO ACADÉMICA DE COIMBRA é um fenómeno ímpar de raríssima e espontânea atracção electiva, cuja envolvência a tranformou, desde há muito, num clube pluralista e universal, sem demarcantes barreiras sociais, e não apenas, num restrito e uniaxial clube de estudantes, como o fora nos seus primórdios.

Esta é uma verdade indesmentível, por tudo e todos reconhecida, cujas consequências e responsabilidades têm de ser compreendidas, assumidas e geridas pelos principais mentores e gestores da BRIOSA, porquanto, se assim não acontecer, muito mal fadado estará o seu futuro, na ribalta do futebol português, onde os mecanismos estruturais sócio, económicos e financeiros, sempre em contínua e exigente evolução, não se compadecem com saudosismos doentios, com desleixes conceptuais e, nem sequer, minimamente, com governações absolutistas e "*à vol d'oiseau*".

É que os clubes, na actualidade, e cada vez mais, são autênticas médias e grandes empresas, que, como tal, têm de ser orientadas, administradas, expandidas e propagadas, com perícia, com competência individual e colectiva, sempre em consenso, sob pena de inevitável falência se, porventura, os respectivos gestores não possuírem essas concentradas capacidades ou se, por mútuo-próprio, qualquer deles tiver a veleidade de se desviar desses princípios e regras fundamentais, que são a base obrigatória para um colegismo eficiente e construtivo.

Depois dum glorioso passado, sempre com exibições e classificações de gabarito e adversário temido, nos campeonatos primodivisionários, depois da conquista da I Taça de Portugal, com presença noutras finais, e, até, no plano internacional, quando da sua famosa, equipa das décadas 60/70, aos torneios europeus e digressões em todos os continentes do mundo, a BRIOSA tem vindo a descair lenta, perigosa e ingloriamente. E, por culpa de quem e de quê?

Primeiro, foi o golpe político-partidário que, em 1974, fez capitular a harmonia e sincronização sempre existentes entre o futebol da ASSOCIAÇÃO ACADÉMICA, a

Academia e os seus simpatizantes (estudantes ou não), conforme, aliás, já aludimos, recentemente, em coluna do JORNAL DE NOTÍCIAS.

Depois, e em consequência imediata dessa abastardada e injustificadíssima decisão, foi a permanência, dez épocas consecutivas, na II Divisão, onde novamente se encontra, após uma fugaz passagem entre os "grandes".

E, como isso tudo já não bastasse, deram-se, ainda, as nefastas e surdas "pugnas palacianas", nos bastidores directivos da BRIOSA, em que, mais uma vez o "canibalismo" político-partidário e a luta pelo poder, se sobrepuzeram aos vitais desígnios da ASSOCIAÇÃO ACADÉMICA, que vão muito para alem dos desportivos, tendo em conta a sua reconhecida missão sócio-pedagógica relativamente aos jogadores que a representam.

Ora, sendo bem verdade que, sentimentalmente, apesar dos desaires de toda a ordem, a dedicação pela BRIOSA continua incólume e arreigada no íntimo dos seus simpatizantes (tantos deles longe de Coimbra), também é inegavelmente certíssimo, que o acumulativo dos dislates verificados (alguns ainda vigentes), gerou neles profundo desgaste, sentido desgosto e manifesto desinteresse, provocando, por isso, a sua ausência aos jogos e, até, muitos deles, a demitirem-se de associados. E isto, frize-se, sobremaneira, independentemente dos eventuais fracos resultados em campo e nem estando sequer em causa, o brio e esforço dos atletas e a capacidade das equipas técnicas e doutros pelouros do futebol académico.

Desconhece quantos sócios tem, presentemente, a ASSOCIAÇÃO ACADÉMICA. Com certeza absoluta, só sei que, para além de alguns amigos, eu e meu neto de 22 meses, o somos com as quotas em dia. Porém, ao assistir aos jogos da BRIOSA, mesmo entre muros de Coimbra, noto um certo e desolador vazio a confirmar a deserção atrás aludida. E, por isso, pergunto estupefacto e preocupado: — Onde pára a multidão de Sócios simpatizantes que, antigamente, apoiava a BRIOSA, no Santa Cruz e no Municipal de Coimbra? – Onde pára a avalanche de capas-negras, com os seus ÉFE-ÉRRE-ÁS em redor dos rectângulos a incitar a ACADÉMICA, do primeiro ao último minuto? — Onde param as centenas de simpatizantes, que a acompanhavam, onde quer que actuasse?

Por outro lado, noto, com preocupação, que a massa simpatizante da BRIOSA está a envelhecer. É notória a falta de juventude entre ela. Para se constatar tal facto, basta dar uma olhadela pelo peão, principalmente, pelas bancadas, lugar mais destinado aos sócios académicos. A esmagadora maioria já de cabelos grisalhos, com pouquíssimos jóvens de permeio, o que é deveras sintomático negativamente, se se tiver em conta que, em Coimbra, existem cerca de 24 mil estudantes e que, por Portugal inteiro, há centenas e centenas de simpatizantes da BRIOSA. E, por tal motivo, pergunto: — o que se tem feito para recuperar os sócios que se foram perdendo ou para incentivar a angariação de novos associados, nesse propício mundo tão vasto?

Fazer regressar a ASSOCIAÇÃO ACADÉMICA à I Divisão é, a todos os títulos prioritário. Sem dúvida. Porém, igualmente é forçoso que se reforce, em grande número, a sua massa associativa, uma vez que os sócios são a alma, o coração e o sangue de qualquer clube. São a sua razão de ser e de existir.

É, esta, uma chamada de atenção aos dirigentes académicos? — É, sim senhor! — Quer a levem a bem ou a mal, já que é a favor da BRIOSA!

Brasileira e Café Arcádia
*Desapareceram duas "catedrais"
da academia e do futebol da Briosa*

Estamos em 1999 e para que fique para a história, num apontamento que faço ditado com a alma e o coração e inexcedível saudusismo.

Coimbra, aos poucos, vai perdendo as genuinas características que a proclamaram como uma cidade "sui generis", abissalmente diferente, na sua secular panorâmica e seu peculiar "modus vivendi", em relação às outras urbes de Portugal e, até do estrangeiro.

Há muito, que deixou de ser a nostálgica "cidade dos amores" e do pacato e romântico Mondego do Choupal até a Lapa, agora sem areais extensos compulsivamente invadidos de águas retidas por artificial dique construído lá para as "bandas do sul" quase paredes meias com a Estação Velha.

Há anos já, deu-se o "criminoso" desmantelamento, à força do camartelo e em nome do progresso (?), das medievais e históricas ruas e casario da Alta conimbricense, verdadeiro património citadino e nacional, onde proliferavam algumas das mais famosas "Reais-Republicas" académicas e era, sobretudo, o tradicional e preferido "habitat" dos estudantes, com a sua sede na extinta Rua Larga, no Palácio dos Lentes, majestoso edifício outrora "conquistado" pela academia, em data ainda hoje cognominada como "Tomada da Bastilha" (25 de Novembro de 1920).

Entre outras consequências desse voluntário e intempestivo "terramoto", desapareceram o primitivo CAFÉ DO PIRATA, crónico poiso dos universitários que, à míngua das suas progenitoras "mesadas", comiam e bebiam (muito) "por conta", até que um dia, mesmo a longo prazo, pudessem pagar, sem juros, os antiquados "calos", sob a complacência filantrópica do Sôr Joaquim. E, quem não se lembra ainda, do CAFÉ DO JESUÍTA, do CAFÉ LUSITANO, da LEITARIA DO AUGUSTO (onde beber leite era proibitivo) e do CAFÉ ROXO, das monumentais bilharadas, todos, também, vizinhos da Universidade, onde a "malta" de então, entre as horas demarcadas pelo praxista badalar da "CABRA", se reunia e mais fortalecia a mística e a solidariedade académica, usando sempre a inseparável CAPA E BATINA, mesmo que esfarrapada pela utilização diária, hoje, infelizmente, substituída pela mais variada roupagem "made in USA", por grande parte dos estudantes.

Os PENEDO DA SAUDADE e o da MEDITAÇÃO há muito deixaram de ser os retiros nostálgicos, onde os poetas estudantis (alguns dos quais, depois, de celebrado renome) versejavam os mais belos e significativos poemas e nem o centenário JARDIM DA SEREIA já é, também, o refúgio idílico dos pares amorosos, nem entre o seu frondoso arvoredo se escuta, agora, o trinar das guitarras e o encanto das sentimentais serenatas.

É certo, que Coimbra continua a ser a "cidade dos doutores", mas a voragem materializada do tempo, cada vez em maior ritmo, tem obrigado a exclusão radical de muitas das suas tradições mais gratas e de muitos dos "locais de culto" das várias vertentes da academia.

Ainda recentemente, se deu um rude golpe nos meandros da vida académica. O encerramento, abrupto, dos CAFÉS BRASIIEIRA e ARCÁDIA que, durante anos e anos, foram autênticas "catedrais" assiduamente frequentadas por sucessivas gerações de estudantes, após ou antes de se licenciarem.

Quem não se lembra do CAFÉ BRASILEIRA, gerido pelo paciente Lima, ponto de encontro favorito de intelectuais, poetas, políticos e artistas, "humbilicalmente" ligados à cidade universitária.

Por lá assentaram, todos os dias e ao sabor duma "bica", entre outros, o escritor e jubilado Vitorino Nemésio, o combativo político e poeta Joaquim Namorado e seu camarada Vilaça, o tribuno Santos Simões, os celebrados pintores Pedro Olaio e Mário Silva, o voluntarioso e desgrenhado causídico Fernandes Martins, o inimitável escultor Cabral Antunes, o inesquecível cantor vanguardista Zeca Afonso e outras mais figuras de prestígio, que formaram uma plêiade que muito dignificou Coimbra e de que a própria cidade se honrava de ter entre seus muros.

E, mesmo quase ao lado da BRASILEIRA, na rua Ferreira Borges, quem não se lembra, também, do CAFÉ ARCÁDIA, gerido pelo "ronceiro" Zé Maria, que, para mais de sessenta anos, fora palco privilegiado dos famosos e inveterados "Teóricos" da Académica e onde "escalpelizavam" as causas dos maus resultados e, nos tampos das próprias mesas, rascunhavam, "cientificamente", a constituição das equipas e as tácticas que, segundo a sua "infalível" opinião, levariam sempre à vitória.

Nessa tertúlia de arreigados simpatizantes da BRIOSA, quem se recorda ainda, do Capitão Pina Cabral que, apesar da sua veterania, era um indómito torcedor pela ACADÉMICA e um dos mais acérrimos críticos dos dirigentes e treinadores, quando do sabor das derrotas dos capas-negras. E, entre outros tantos mais, lembremo-nos, também, do Zé Braga, do Francisco Soares (o Chico Soares) ainda universitário, antes de Chefe Clínico da BRIOSA, do nervoso Oliveira Martins e, acima de todos, do famoso e então ainda estudante Martins "Teórico", figura altaneira da claque de apoio e autêntica enciclopédia na cronologia histórica do futebol académico, desde os seus primórdios.

Mas, os emaranhados da "ciência da bola" e o indefectível amor pela BRIOSA, também atraía, ao CAFÉ ARCÁDIA, quase todas as tardes, elevado número de personalidades de vulto no âmbito político, intelectual, cultural e empresarial. Recorde-se, por exemplo, da presença acalorada de Miguel Torga, de Paulo Quintela, de Afonso Queiró, de Guilherme de Oliveira, de Veiga Simão, de Almeida Santos, de Manuel Alegre, Fernandes Fafe, do editor-livreiro Machado, do depois Magnífico Reitor Rui Alarcão, de Dias Loureiro, de Nazaré Falcão, de Álvaro Amaro, de João Castilho, de Joaquim Couto e outros mais, muitos deles ouvindo, atentamente, as "lições" proferidas pelo saudoso Cândido de Oliveira, considerado o melhor técnico de futebol de todos os tempos e um reconhecido autodidata, que à BRIOSA e a COIMBRA igualmente se rendeu, de alma e coração, até ao fim da sua vida.

Enfim, desapareceram dois "baluartes" da academia e do futebol académico — a BRASILEIRA e o CAFÉ ARCÁDIA.

A voragem materializada do progresso, nem sempre benfazeja e cada vez em maior ritmo, assim radicalmente o ditou. Uma perda inestimável.

Deles ficam, porém, as mais indeléveis e gratíssimas recordações, já que, para sempre, ficam cavados no historial da vida estudantil coimbrã, do desporto académico e da própria cidade.

Campo de Santa Cruz
"Ex Libris" da Academia e de Coimbra

De quando em vez, fala-se e escreve-se sobre o restauro e remodelação do vetusto CAMPO DE SANTA CRUZ que, desde 1950 e após a inauguração do Estádio Municipal, tem sido inexplicável e condenavelmente desprezado.

Diz-se, de tempos a tempos, que nesse restauro serão incluídos o arrelvamento do campo de jogos, a construção dum Museu do Desporto Académico e um Monumento aos Atletas da BRIOSA, para além de outras beneficiações de carácter cultural, desportivo e lúdico.

Estamos já, porém, em pleno ano 2001 e total cúmplice silêncio tem recaído sobre tão importante e recomendável iniciativa. Tudo boatos, portanto!

Ainda me lembro e outros se recordarão também, do longínquo tempo em que aquele acanhado recinto para a prática do futebol (que grandes jogos ali se efectuaram e até internacionais!), era acrescido de reduzida área, logo ao cimo da bancada topo norte (as escadas do calvário dos... árbitros), de serventia polivalente, pois, para além dos balneários, nela existiam um ringue de patinagem, um campo de basquetebol e um grande tanque para a natação.

Tudo, claro, de ínfimas dimensões, embora, naquelas épocas idas, de grande utilidade desportiva a granjear para a ACADÉMICA, vários campeões e títulos nacionais, ainda hoje relevados, designadamente, no basquetebol e no futebol.

O CAMPO DE SANTA CRUZ foi o primeiro RECINTO DE FOOT-BALL, assim mesmo denominado e definido oficialmente, de Coimbra e de toda a vasta região centro do país, porquanto, o então Campo da Ínsua dos ventos, sito na margem direita do Mondego, a norte do agora parque da Cidade (que não existia naquelas eras), não passava dum canavial transformado em alienado terreno onde se praticava o jogo da bola, mas, tendo para isso, inclusive, de se "levar as balizas às costas" e, muitas vezes, ir buscar o esférico às águas do rio, quando era chutado, com mais força, para fora.

Falar do CAMPO DE SANTA CRUZ é recordar o entrosamento da centenária ASSOCIAÇÃO ACADÉMICA DE COIMBRA e o nascer dum clube "sui generis" e diferente. É também, trazer à memória o debutar de muitas gerações de jogadores académicos que, no passado, formaram equipas para disputar os campeonatos distritais (veja-se só!) nas quartas, terceiras, segundas e primeiras categorias e, ainda, a de juniores, estes recrutados da imensidão de "bichos" oriundos dos liceus José Falcão, Júlio Henriques e D. João III , que invadiam o recinto nos intervalos das aulas ou quando a elas faltavam, no que eu próprio fui comprovado exemplo, na remota década dos anos 30.

Evocar o CAMPO DE SANTA CRUZ é lembrar, sobremaneira, que foi dele que saiu a equipa de futebol da

BRIOSA, que conquistou a I TAÇA DE PORTUGAL, na época de 38/39 e, igualmente, as várias equipas de basquetebol que, por diversas vezes, se sagraram campeãs nacionais e muitos dos seus jogadores eleitos como imprescindíveis "internacionais" da modalidade.

De relembrar, ainda, que foi daquele histórico recindo que, em 1957, partiu, era digressão, a famosa turma do futebol académico que, por todo o portugal ultramarino de então e na África do Sul, foi uma exemplar "embaixadora" oficiosa da Academia, da cidade de Coimbra e do nosso país, não só no aspecto desportivo, como em todas as vertentes sociais.

Referir o CAMPO DE SANTA CRUZ, é também, recordar a formação das primeiras e consagradas claques de apoio da ACADÉMICA, designadamente, os FANS, os FALCÕES e os COWBOYS (da qual fui um dos fundadores de parceria com o Dr. Alberto Costa, da Nazaré), que postadas na íngreme rampa trazeira "às toscas bancadas centrais, incitavam, ininterruptamente, os jogadores capas negras com os seus entusiásticos *ÉFE-ÉRRE-ÁS* e se deslocavam sempre, em esmagador número, a todos os locais onde a BRIOSA actuasse, servindo-se, para isso, de todos os meios de transporte, principalmente, o da boleia e com a imprescindível capa e batina.

A história do "velhinho" CAMPO DE SANTA CRUZ está umbilicalmente ligada à ASSOCIAÇÃO ACADÉMICA, através de curiosos episódios, que vou tentar relatar, em resumo, após ter consultado poeirentas folhas alfarrábicas que possuo.

O Parque de Santa Cruz ou Jardim da Sereia, era, no século XIX, pertença dos frades do Convento do mesmo nome, tornando-se, muito mais tarde, propriedade da Câmara Municipal de Coimbra,

Em 1917, porém, o Município e a Reitoria da Universidade acordaram a cedência duma parcela de terreno daquele parque, para nela se construir um campo de jogos destinado, exclusivamente, para estudantes.

A Reitoria, porém, não tinha verbas para superar as despesas dessa construção e, depois de demoradas diligências, foi, então, que o governo do Presidente Sidónio Pais, já em 1918, deliberou conceder 100 contos de reis para dividir entre o Orfeon Académico, a Filantrópica e as obras do projectado campo de jogos.

Depois de dispendidos cerca de 1.400 escudos (!!!) nas obras de construção do recinto e após a celebérrima "TOMADA DA BASTILHA" (movimento estudantil que "conquistou" a Casa dos Lentes, na rua Larga, em 25 de Novembro de 1920), o CAMPO DE SANTA CRUZ foi estreado, a título de experiência, com um jogo entre "bichos" e universitários, mas ainda sem balneários e rodeado de arame farpado, que evitava o público invasor e os "borlistas" que já nesse tempo existiam, e sem que houvesse polícias de serviço, cuja respeitável classe tinha, nessas eras, denunciada alergia à capa e batina (e vice--versa, na mesma paga).

Entretanto, a sua inauguração oficial e solene, com a presença das mais gradas e importantes figuras da cidade, realizou-se somente, em Março de 1922, com um jogo entre a ASSOCIAÇÃO ACADÉMICA e o ACADÉMICO DO PORTO (na época um dos melhores do país), com o Magnífico Reitor e consagrado político Prof. Dr. António Luís Gomes a dar o pontapé de saída, acompanhado por sonora banda musical e um grupo de senhoras da elite a entregar um ramo de flores aos capitães das equipas, uma solenidade!

A título de curiosidade, acrescento que nesse tempo e durante muitas épocas, a BRIOSA usava calção preto e camisola branca, mudando depois, para o equipamento todo de preto com a simples sigla *AAC*, ao peito, consentâneo com as capas negras dos estudantes, embora de confecção mais onerosa e, tantas vezes, com a contribuição monetária dos próprios atletas. Que tempos esses, em comparação com os de agora!

Acrescentarei ainda, que a configuração ao actual emblema da ACADÉMICA, surgiu só anos mais tarde, em 1928, idealizado pelo então universitário Fernando Ferreira Pimentel, depois dedicado médico da BRIOSA, dos quais, nessa altura, foi encomendada remessa a uma fábrica de Paris, ao preço unitário de 1$00, para serem vendidos, mal chegados a Coimbra, por 5$00, cada exemplar. E esgotaram-se, num ápice!

Enfim, o historial do CAMPO DE SANTA CRUZ é, em suma, tão vasto, curioso e cativante, que todo o espaço seria pouco para o descrever na íntegra, nem eu, sequer, tinha capacidade para rememorá-lo com todos os pormenores, por mais que consultasse bibliotecas ou rebuscasse poeirentos alfarrábios.

Aqui ficam contudo, uns reduzidos apontamentos para serem relembrados, com emotiva saudade, pelos académicos mais veteranos e, também, sobretudo, para serem do conhecimento das gerações mais jóvens, que deles, sem dúvida, não têm a mais ténue ideia.

Fala-se e escreve-se, de quando em vez, no restauro e remodelação do decano CAMPO DE SANTA CRUZ, de forma a concretizar, assim, um empreendimento que a todos os títulos se impõe, não só porque se situa no belo e romântico Jardim da Sereia, onde reis e fidalguia jogavam à "PELA", em tempos medievais, mas, igualmente, pelo que representa na secular vida da ASSOCIAÇÃO ACADÉMICA, fundada em 1887, e na fomação desportiva e sócio-pedagógica de muitas gerações de estudantes atletas.

Por todos os motivos, CAMPO DE SANTA CRUZ é um "*ex libris*" da ACADEMIA, da cidade de COIMBRA, e, por que não, da região centro.

Será, portanto, deveras ingrato, penosamente injusto, que o deixem morrer ao completo abandono!

S. Sebastião e as setas

Após a subida da rua Alexandre Herculano, que vem da Praça da República em direcção à Universidade, há um largo onde se situa, ainda hoje, uma das sedes da BRIOSA e está implantada a "Real-República AY-Ó-LINDA", mansão estudantil de fartas tradições. E, para quem bem se recorda, também ali existiu a Leitaria do PIRATA, postumamente sempre lembrada, cujo livro de crédito a estudantes era mais volumoso do que os Lusíadas. Mesmo ao meio do citado largo está erguida uma majestática estátua do Papa João Paulo II, ali perdido sem razões ambientais ou outras que o justifiquem porquanto, tal local, seria mais propício e significativo à edificação dum monumento ao ESTUDANTE DE COIMBRA, o qual, desde há séculos, obrigatória e diariamente, calcorreia aquelas bandas, no vai e vem dos caminhos da universidade e que, de resto, é um indubitável símbolo da cidade.

Do outro lado do aludido largo, para o qual a estátua de Sua Santidade está de costas, ergue-se parte dos vetustos ARCOS DO JARDIM, antigo aqueduto que em tempos muito idos, fornecia água a toda a zona da Alta conimbricense, aqueduto esse que, em toda a sua longa extensão, é suportado por várias e elevadas arcadas. Mesmo ao cimo da primeira dessas arcadas, bem lá no alto, cerca de vinte metros a pique, está construído, há longos anos, um sacro nicho que alberga, ainda hoje, uma estátua, quase em corpo inteiro, a consagrar o mártir centurião romano S. SEBASTIÃO que, no século III, por se ter convertido ao cristianismo, foi crucificado e golpeado por seis setas, redenção e sacrifício esses que, mais tarde, ditaram a sua canónica beatificação.

Até aqui, com este intróito, procurei servir de cicerone aos leitores, tentando guiá-los, tanto quanto possível, até ao local da ocorrência que me propus narrar. A partir daqui, vamos, então, entrar no palco da impensada cena de consequências inacreditáveis.

Para além da admiração e culto que, na generalidade, toda a gente dedicava (e ainda hoje dedica!) aquele tão representativo sacro nicho de S. SEBASTIÃO, constava, de forma acentuada, que as seis setas cravadas na estátua do seu corpo, eram de pura prata de lei. E, a verdade, é que elas resistindo, estranhamente, ao tempo e às intempéries, continuavam a reluzir quando banhadas pelos raios do sol ou mesmo nas noites de luar mais pronunciado. Era visível a olho nu. Todos acreditavam no valor material daquelas setas. Apesar disso, porém, não havia qualquer receio de roubo. Era impensável tal desmando. Primeiro, porque seria um sacrilégio sem abolvição de culpa. Segundo, porque o sacro nicho estava em lugar inacessível a qualquer humano, pois, distava do solo uns íngremes vinte metros de altura, sem rampas ou escadas para a necessária ascensão.

Certa manhã, todavia, muito cedo ainda, quando alguns dos primeiros transeuntes habituais passavem pelo

Sobre Coimbra e a Briosa

local, depararam logo com um inusitado grupo de pessoas, de nariz no ar, estupefactas, murmurando entre si e com os olhares fixos no nicho sagrado de S. SEBASTIÃO, plantado lá nas alturas.

O que teria acontecido para tamanho pasmo e ajuntamento?

Nem mais, nem menos. O julgado impossível tinha, inacreditavelmente, acontecido. Alguém ou alguns, tinham surripiado, pela calada da noite e por artes ainda hoje desconhecidas, as seis resplandecentes setas até ali e durante anos e anos, cravadas no peito do crucificado Santo.

E, para maior surpresa de todos os espantados espectadores, os sacrílegos "salteadores do templo", tinham deitado no local das luzidas e brilhantes setas, o condoído e bem visível dístico, que assim afirmava: — *"BASTA DE TANTO SOFRER!"*.

Esta ocorrência passou-se já há muitos anos e, durante muito tempo, o sagrado nicho de S. SEBASTIÃO, depois de desprovido das famosas setas, tornou-se procissão constante de muitos curiosos. Todos queriam ver para crer!

Ainda hoje se desconhece se as reluzentes setas eram ou não de pura prata de lei, assim como se desconhecem os autores da inacreditável proeza, que tanto "brado deu na cidade e, até, na região".

Consta, muito por alto e sem provas, que teria sido mais uma das irreverências dos estudantes de Coimbra.

O certo, certíssimo, é que o desaparecimento das setas continua no segredo dos deuses e do próprio S. SEBASTIÃO, que até, talvez, tivesse agradecido por o terem livrado de tamanho sacrifício. Quem sabe!

Se o Jardim dos Patos falasse...

Portão principal do Jardim Botânico, em Coimbra, considerado, no género, um dos melhores do mundo, com a estátua do cientista BROTERO, logo à entrada, servindo de estático guardião e ostentando a "Borla e Capelo", insígnias de catedrático da conimbriga universidade. Mesmo em frente desse portão, do outro lado da avenida, situa-se, desde há muitos anos, um alombado recinto ajardinado, não muito vasto, no meio do qual existe um ovalado lago, embelezado de nenúfares, peixinhos vermelhos e alguns palmípedes que, de pescoço erguido, grasnam de quando em vez, cuja permanência acabou por, popularmente, identificar o local como o JARDIM DOS PATOS.

Intermediando os floridos canteiros, meia dúzia de bancos normalmente utilizados, ao cair das tardes, por parzinhos amorosos rendendo-se às tentações afrodisíacas da deusa Vénus.

Se, de dia, tal sítio já era (e é!) pouquíssimo frequentado, de noite, então, devido à sua localização e com poucos candeeiros de frouxa luz, transformava-se em lugar ermo e sem viva alma, ainda por cima nele não existindo qualquer guarda nocturno ou polícia de giro, que garantissem o mínimo de segura vigilância. Enfim, apenas os sonolentos palmípedes na sua casota e os adormecidos peixinhos vermelhos entre os nenúfares, como seres vivos, a partir do cerrado das noites. Tudo silêncio, escuridão e desértico.

Ora, tão singular panorama era perfeitamente propícia a certas irreverências da parte de estudantes mais atrevidos que, principalmente, nos finais do mês, já com a "mesada" consumida noutras desregradas deambulações, e aguardando que os seus paternos lhes remetessem a próxima, estavam desprovidos do "metal sonante" que lhes garantisse uma refeição mais opípera e bem regada por deus Baco. E, vai daí...

As vítimas eram os inocentes e incautos patos do citado jardim, que depois de planeados "raptos", se transformavam, depois, em lautos e alegres banquetes, para consolo estomacal dos intrusos e incógnitos "raptores".

E, por mais que a edilidade teimasse em substituir os patos clandestinamente surripiados, o certo é que, de quando em vez, o ovalado lago ficava novamente, desprovido de palmípedes. Era, para eles, fatal tal destino.

A prática dessas periódicas irreverências era já tão calculista e calmamente realizada, que, certa vez, o grupo de "raptores" deixou afixado na casota dos "sequestrados" palmípedes, o seguinte verso pé-quebrado:

«Ó patos, tristes e abandonados,
Neste recinto de tanta solidão!
Vinde a nós, tesos, esfomeados
E esperando por uma boa refeição!»

Nunca houve, nem há ainda, testemunhas oculares que, em flagrante delito, tivessem assistido às intencionais incursões nocturnas dos "raptores patorricidas".

Apenas uma, o estático cientista BROTERO, postado, mesmo em frente, no portão do Jardim Botânico, no seu monumento para a posteridade. Mas, esse, mudo e quedo, sentado no cadeirão e de "Borla e Capelo", nunca, sequer, às paredes o confessou, nem mesmo ainda hoje o confessa.

E, por assim ser, resta absolver as consciências dos "prevaricadores", vivam eles onde vivam e a idade que hoje tenham, e prestar "homenagem póstuma" aos patos sacrificados, que para sempre ficaram perpetuados nas lendas e tradições da Coimbra académica, ainda relembradas com saudade e emoção incontidas.

FIGURAS DE VULTO DA BRIOSA

António de Almeida Santos, *exemplo de fidelidade à Briosa*

Através dos tempos, confundidos entre a imensa massa anónima dos simpatizantes da BRIOSA, têm passado (e continuam a existir!) inúmeras figuras de alto gabarito e prestígio social, em todas as suas vertentes.

Recuando nos anos, estou a lembrar-me entre outros, por exemplo e sem rigor cronológico, de Manuel Lopes de Almeida, que foi ministro da Educação Nacional; do deputado Melo e Castro, que foi presidente da AAC e um notável orador; de Miller Guerra, um liberal que abalou a então Assembleia Nacional, com as suas avançadas intervenções; do polémico Santos Costa, que mandou na pasta da Defesa; de Bissaya Barreto, fundador do Portugal dos Pequeninos, que, tantas vezes, me perguntou, bem interessado, qual a constituição da equipa da ACADÉMICA que iria alinhar no próximo jogo; do jubilado Vitorino Nemésio, que trocava o peão em desfavor do seu lugar cativo, nas bancadas, só para que ninguém notasse o seu vai-e-vem nervótico ao assistir (sempre!) aos encontros da BRIOSA; de Antunes Varela, mais tarde ministro da Justiça; de António Pedro, o intelectual fundador do TEUC.

De salientar, também e continuando sem rigor cronológico (portanto, à solta), Afonso Rodrigues Queiró, insígne jurista-catedrático e assíduo componente da "tertúlia académica", do Café Arcádia, ponto fulcral dos "teóricos" da BRIOSA; o maestro-compositor Raposo Marques (por todos amistosamente cognominado como "O Palestrina"), que guindou o Orfeão Académico aos píncaros da fama e glória, quer no país, quer em todo o mundo; o poeta escritor Miguel Torga, de renome universal; o catedrático e depois Magnífico Reitor da Universidade de Coimbra, Rui Alarcão; etc., etc., etc.

Dezenas de páginas inteiras não chegariam para abarcar todos os nomes do incomensurável número de projectadas figuras (algumas já desaparecidas) que, repito, enquadradas entre a massa anónima dos simpatizantes da BRIOSA, dela se tornaram incondicionais "torcedores" participantes e, pragmática, indivisível e misticamente, adeptos duma só colectividade, a ASSOCIAÇÃO ACADÉMICA, e de mais nenhuma, mas mesmo de mais nenhuma, frize-se bem.

Claramente que, na actualidade, continua a haver um enorme somatório de personalidades de topo social, que, indubitavelmente, se identificam, no todo e em qualquer parte, como fidelíssimos simpatizantes da BRIOSA, único símbolo em que se revêem e nunca o escondem.

Mas, de há tempos a esta parte, essa "monógoma" fidelidade desportiva já não é radical e sentimentalmente cumprida na íntegra, uma vez que certos elementos dessa elite académica se comportam como adeptos "policromáticos", que mudam de cor conforme as ocasiões e circunstâncias. Ora, são "verdes", "encarnados" ou "azuis", o que, antigamente, era inconcebível e, até, deveras imperdoável.

Sendo certíssimo que, democraticamente, qualquer um tem absoluta liberdade de escolha, no ambiente do futebol académico, porém, por ser "sui generis e diferente", esse sagrado preceito jamais poderá ser interpretado e cumprido com base na canção pimba de Marco Paulo — "EU TENHO DOIS AMORES", porque no coração dos académicos de raiz só há um lugar, o da BRIOSA e mais nenhum!

Mas, felizmente, que a "bigamia" clubista acima referida não é seguida por centenas e centenas de outras personalidades de pincaro, que vivem em Coimbra ou se radicam noutros locais, os quais nutrem, desde sempre, pela ACADÉMICA, uma paixão una e indivisível.

Em homenagem a todos eles, personalizo a figura de ANTÓNIO DE ALMEIDA SANTOS, um exemplo de perpétua, intransigente e intocável fidelidade à BRIOSA que, no início da década de 40, vindo de terra beirã, se licenciou em Direito, foi atleta da ACADÉMICA, exímio guitarrista e cantor de fados de Coimbra, além de ter sido, também, um "bon vivant", para, posteriormente, se tornar um famoso causídico, um proeminente político, a merecer a eleição para Presidente da Assembleia da República, respeitado, sem excepção, por todas as bancadas parlamentares.

Para demonstrar a sua lealdade e apego íntimo à, BRIOSA, basta transcrever o seguinte episódio, bem elucidativo do seu puro e são academismo.

Quando ANTÓNIO DE ALMEIDA SANTOS, em Novembro passado, foi reeleito como Segundo Representante da

Nação, a Casa da Académica no Porto, não com sentido político, mas, apenas, por se tratar dum antigo estudante de Coimbra e dum afeiçoado, académico, endereçou-lhe uma mensagem de saudação.

A resposta foi pronta, cujo contexto, pela sua franqueza e desvirtuada de preconceitos, analisado em pormenor, bem traduz o indivisível amor que se sente por um símbolo — o da ASSOCIAÇÃO ACADÉMICA.

«Caros Amigos
São camaradas e amigos como vós e cartas simpáticas como a vossa, que me fazem esquecer que já tinha idade para ter juízo e ir indo até casa, sem agenda para o dia seguinte.
Ainda não foi desta. Idade tenho, juízo não! De qualquer modo, enquanto por aqui estiver, contactareis comigo e em comunhão convosco no amor a Coimbra e à nossa Académica.
Abraços a todos do vosso dedicado
António de Almeida Santos»

São testemunhos como este, que me fazem (a mim e a milhentos) não compreender, nem aceitar, o comportamento de certos "policromáticos" adeptos da BRIOSA que, ora sendo "verdes", "encarnados" ou "azuis", consoante o ambiente em que se encontram, afinam pelo mesmo diapasão da música pimba do Marco Paulo — "EU TENHO DOIS AMORES"!

Mas, o futebol de hoje (e cada vez mais), com a sua projecção, os seus enredos e interesses sócio-políticos, provoca estas "metamorfoses". Infeliz e impensadamente, até na ASSOCIAÇÃO ACADÉMICA!

António de Oliveira Junior
o *Oliveirita da Académica*

ANTÓNIO DE OLIVEIRA JUNIOR poderá ter sido um desconhecido para os simpatizantes da BRIOSA, radicados longe de Coimbra. Não o era, porém, entre os "muros" académicos, onde o seu voluntário sentido prático e organizativo, ao serviço da ACADÉMICA, se destacou, sobremaneira.

Deixou já este mundo, mas a sua figura franzina, activa e extrovertida, permanecerá sempre na recordação de quantos o conheceram e com ele privaram. E foram de incomensurável número!

Sem títulos académicos ou capacidades futebolísticas que o impuzessem, o certo é que se guindou a lugar de destaque na vida interna da ACADÉMICA, podendo dizer-se que, oficiosamente, foi um "braço-auxiliar" dos seus corpos directivos. Anos consecutivos!

Nasceu em Coimbra, interrompendo os estados para se dedicar a profissão de Delegado de Propaganda Médica.

Quando adolescente, ainda tentou ser júnior da BRIOSA, mas não deu. A sua gana "mística" em defender o símbolo académico, vingou-se, porém, anos mais tarde, na sua entrega, total e afectiva, aos destinos do futebol dos capas-negras. E, aí, foi um vencedor absoluto!

António de Oliveira Junior, o "Oliveirita", como amistosamente o tratavam era um recreativo e impulsionador de iniciativas em prol da BRIOSA. Era, no bom sentido, "pau para toda a colher" nos empreendimentos levados a efeito, quer por parte das direcções do futebol académico, quer por ele próprio ou por outros organizados. Estava sempre na primeira linha, no afã, na dedicação, roubando tempo à família para o dar, incondicionalmente à "sua" ACADÉMICA.

E, de tal modo a sua preciosa e voluntária colaboração se sobressaiu, durante épocas e épocas, que os Corpos Sociais da BRIOSA e numeroso grupo de simpatizantes o homenagearam com a afixação de uma lápide, nas instalações da ACADÉMICA, perpetuando, assim e para sempre, o seu nome e os seus construtivos feitos. Nada de mais justíssimo!

António de Oliveira Junior já não se encontra entre nós. Mas, se acaso, outra vida existe no além, de certeza absoluta que o "Oliveirita" continua a sentir e a abençoar os destinos do futebol da "sua" BRIOSA de sempre.

ANTÓNIO DE OLIVEIRA JUNIOR, o Oliveirita foi o maior militante activista, com sucesso, do futebol académico. Um nome e uma figura de prestígio, que ficaram para a posteridade, Merecidamente!

Campos Coroa...
um doido pela Briosa

O DR. CAMPOS COROA é um doido pela ACADÉMICA, não no sentido pejorativo do termo, mas pela arreigada e comprovadíssima idolatria pela "sua" ASSOCIAÇÃO ACADÉMICA DE COIMBRA.

Não se diga, que põe a BRIOSA acima da própria família. Contudo, não se errará muito ao afirmar que coloca ambas, com as devidas proporções, quase no mesmo paralelo de igualdade afectiva.

Ninguém duvida um átomo, porque é uma verdade incontestada, que, pela ACADÉMICA, tem prejudicado imenso a sua vida privada e profissional, quer no tempo que lhe dedica incondicionalmente, quer porque, em situações difíceis, já tem por ela puxado os cordões da sua própria bolsa.

Estou mesmo em crer, que se acaso o radiografassem, com tecnologias ultra-sofisticadas, em vez de coração encontrar-se-ia, sim, um pulsante emblema da BRIOSA.

Por essas inultrapassáveis virtudes, o DR. CAMPOS COROA simboliza bem o pragmatismo e a mística com que a ASSOCIAÇÃO ACADÉMICA contagia os seus simpatizantes, espalhados por toda a parte que é mundo.

É vê-lo, com barba de homem rijo e de tradicional gravata branca, a "torcer" durante os jogos, contorcendo--se e pontapeando, no vácuo, como se ele próprio entrasse nos lances, quase sempre calado, mas, no âmago, gritando pela "sua" BRIOSA! BRIOSA! BRIOSA!

Enfim, o DR. CAMPOS COROA é, sem sombra de dúvida, o protótipo do acérrimo e incondicional aficcionado de um símbolo, talvez, quem sabe, por herança familiar, porquanto, nos anos 30/40, já os seus antepassados Drs. José e Emílio Coroa (de quem bem me lembro) foram figuras de relevo na cultura (TEUC) e no desporto académico,

Pelos motivos apontados, tenho, portanto, uma extraordinária admiração pelo DR. CAMPOS COROA, como homem e desportista, pese embora o facto de não concordar, por vezes, com a forma como tutelou, os destinos do futebol académico, mais norteada pela voz do coração do que pelos ditames da razão.

Seja como for, registe-se que foi uma pena, que o seu inquebrantável e insuspeito amor pela BRIOSA, não tivesse sido correspondido, em igual escala, pelos resultados em campo, porque se assim acontecesse, a ACADÉMICA seria sempre uma eterna e invencível... campeã do mundo.

O DR. CAMPOS COROA surgiu à frente das direcções da ACADÉMICA, na última década de 1999.

Foi um presidente polémico, é certo, mas, pelo seu carisma, mística e abnegação, bem merece que o seu nome fique gravado na história do futebol dos capas--negras. Indiscutivelmente.

Francisco Soares
o *Chico Soares do meu tempo*

Estamos numa sociedade de espírito deturpado, onde a maior preocupação é fazer sobressair mais os erros, os escândalos e o negativismo, do que as virtudes. É um aberrante fenómeno crescente e envolvente. É um defeito generalizado em todos os quadrantes.

No desporto, então, para já não falar na política, é deveras evidente e notório esse destrutivo procedimento. Para comprová-lo, basta ler a maioria dos jornais, ver as televisões ou ouvir as conversas de café.

E a verdade, infelizmente, é que o incauto "Zé povinho" já se vai habituando a essa nefasta panorâmica e quase já não pode passar sem o emaranhamento desse jogo sujo.

Vem este intróito a propósito do completo silêncio votado, pelos órgãos da comunicação social, a FESTA DE GALA DA BRIOSA (1999), durante a qual vários académicos foram distinguidos com o trofeu "FRANCISCO SALGADO ZENHA", um dos quais foi atribuído à célebre equipa da ACADÉMICA que, na época 1938/1939, conquistou a I TAÇA DE PORTUGAL, representada, no evento, pelos "dinossauros" Prof. Portugal e Coronel Faustino, sobreviventes dessa famosa turma, a quem não foram regateados calorosos e prolongados aplausos.

Mas, relembre-se, que o ponto mais alto e significativo dessa FESTA DE GALA, verificou-se quando da entrega do respectivo trofeu, mercê da sua dedicação incomensurável à BRIOSA, ao DR. FRANCISCO FORTUNATO SOARES, num acto de inteira justiça, que fez levantar, com sentida e vibrante ovação, o cerca de um milhar de assistentes à entrega dos prémios.

E o DR. FRANCISCO SOARES (O Chico para mim e o Dr. Chico para os demais) bem mereceu tal galardão e o carinho e simpatia tão sincera e publicamente demonstrados, pois é, sem contestação, uma figura lendária do futebol académico há larguíssimos anos.

O seu currículo social, profissional e desportivo é, pode afirmar-se, duma riqueza quase insuperável. É um célebre, um famoso, que oculta, no entanto, numa enobrecida modéstia, que ainda mais o distingue entre todos.

Se, desta feita, a primeira e principal razão da atribuição do troféu "FRANCISCO SALGADO ZENHA" se baseou no facto de há mais de cinquenta anos exercer já, graciosa e ininterruptamente, com extrema dedicação, zelo e competência, o cargo de Chefe Clínico do pelouro médico da BRIOSA (para além de ser acérrimo adepto desde menino e moço), o certo é que o DR. FRANCISCO FORTUNATO SOARES é uma personagem prestigiada da vida nacional.

Foi um dos pioneiros especializados em Medicina Desportiva, no nosso país. Liderou tal especialidade na Ordem dos Médicos. Preside a Mesa da Assembleia Geral dos Médicos de Futebol de Portugal. É conceituadíssimo cirurgião nos Hospitais da Universidade de Coimbra.

E, foram tantas as qualidades humanas, cívicas e profissionais professadas, no sentimento e no terreno, pelo DR. FRANCISCO FORTUNATO SOARES, que a sua notoriedade (mesmo contrariando a sua habitual e reconhecida modéstia) ultrapassou os muros de Coimbra e chegou ao conhecimento das altas esferas governativas, que o guindaram ao "pódium" da consagração nacional.

Em 10 de Junho de 1992, Dia de Camões e das Comunidades portuguesas o então Presidente da República, Dr. Mário Soares, distinguiu-o com a COMENDA DA ORDEM DE MÉRITO.

Que mais dizer do DR. FRANCISCO FORTUNATO SOARES, o Cidadão, o Médico, o Desportista e um místico do desporto, da BRIOSA?

Apenas, que ele, na realidade, é um exemplo de virtudes, que terá de ser salientado e seguido, para bem da comunidade e, designadamente, para que o nosso futebol deixe de ser, somente, o "jogo sujo" em que alguns pretendem transformá-lo, por interesses de clientela, por factores políticos ou, tantos deles, pela ganância do poder.

É esta a singela, mas, sincera homenagem, que presto ao DR. FRANCISCO FORTUNATO SOARES (O Chico para mim e Dr. Chico para os demais), que um dia arribou a Coimbra, vindo do Alentejo, quando ainda estudante menino e moço alourado, para dela se transformar, depois, uma das figuras mais prestigiadas.

José Fernandes Fafe
a "mística" Académica

José Fernandes Fafe, portuense de nascimento, de Coimbra pelo coração e da ACADÉMICA por eleição, pergaminhos a que juntou o de Embaixador de Portugal em vários países do mundo.

Licenciou-se na Lusa-Atenas, na década de 40. Habituou-se às suas tradições e deixou-se contagiar, de forma irreversível, pela "mística» da BRIOSA, jamais a esquecendo nas suas prolongadas estadias diplomáticas, no estrangeiro.

José Fernandes Fafe é também escritor, sobressaindo-se das suas obras, a dedicada a Fidel de Castro a quem politicamente apelidou de "sedutor", e com quem conviveu, quando foi nosso Embaixador em Cuba.

Há anos radicado em Lisboa, nunca deixou porém, de comparecer aos jogos da BRIOSA, em Coimbra e noutros pontos do país, onde tantas vezes nos encontramos.

Dada a sua reconhecida afeição pela ACADÉMICA, à sua ponderação e competência, foi, até há pouco tempo, um imprescindível e assíduo convidado-conselheiro, nas mais importantes reuniões do pelouro do futebol académico, fazendo parte integrante de várias e sucessivas comissões directivas, por inerência, dos corpos sociais da ASSOCIAÇÃO ACADÉMICA. E nesse voluntário contributo, foi notável a sua colaboração.

José Fernandes Fafe, foi um dos fundadores da CASA DA ACADÉMICA DE LISBOA, com o intuito de aglutinar, a favor da BRIOSA, os inúmeros antigos estudantes de Coimbra residentes na vasta zona da capital, passando a ser notáveis, pelo número de presenças e entusiasmo, os anuais jantares de confraternização e convívio, organizados por aquela CASA DA ACADÉMICA, nos Casinos do Estoril e da Póvoa do Varzim, onde são premiados os melhores servidores da BRIOSA nas correspondentes épocas, quer jogadores, dirigentes ou sócios simpatizantes, destacando-se nessa atribuição, o especial prémio destinado ao estudante-atleta com melhor aproveitamento escolar.

José Fernandes Fafe, entre outras iniciativas de vulto, foi também, um dos organizadores mais activos do I GRANDE CONGRESSO DO FUTEBOL ACADÉMICO, realizado em Coimbra, em 1995, de parceria com a saudoso Eng. Jorge Anginho, numa louvável e necessária tentativa de por termo à letargia reinante no ambiente associativo, com repercussões negativas nos resultados em campo, pela equipa dos capas-negras.

Quanto mais fica por dizer acerca deste afeiçoado académico. Por um lado, a minha memória não ajuda. Por outro, e mais por culpa disso, José Fernandes Fafe sempre teve, como timbre, dedicar parte da sua vida à BRIOSA que o conquistou desde moço estudante, sem alardes e espaventos. Sem procurar honras e glórias.

Mas, do que todos podem ter a certeza, é de que ele simboliza a "mística" académica em todas as excelsas virtudes que dela sobressaem!

José Paulo Cardoso
o Zé Paulo para os amigos

Em Março de 1997, faleceu, prematura e dolorosamente, José Paulo Cardoso, um dos melhores Presidentes da BRIOSA de sempre. Na dedicação, no labor ponderado mas construtivo e na "mística" académica, de que era um lídimo símbolo.

Conhecemo-nos em 1950, num estágio na Figueira da Foz, quando ele era campeão nacional de basquetebol e eu titular da equipa do futebol, tornando-nos desde aí, companheiros inseparáveis.

José Paulo Cardoso — o Zé Paulo para os amigos — era, para além do mais, o mais puro exemplo da solidariedade e fraternidade entre os homens, dando-se, por isso, mais aos outros do que a ele próprio.

No saudoso e derradeiro "adeus", dediquei-lhe a seguinte sincera mensagem, sem dúvida comungada por todos os que o conheciam de perto e sabiam das suas excelsas virtudes:

"Derramaram-se, no seio da família enlutada, as lágrimas dum profundo sentimento afectivo, todas elas a envolver um corolário de recordações, erguendo aos céus, o clamor espontâneo da dor e da saudade.

Choraram, também os Amigos, lágrimas de não menor sabor amargo.

E que razão terá a força humana para que o passamento de alguém nos sensibilize de forma a não possibilitar o controlo das nossas emoções?

De certo, que essa razão se terá de procurar no valor da pessoa desaparecida e chorada. E, se assim o fizermos, imediatamente nos surgirá o valor duma vida, o exemplo duma exemplar conduta e a personalidade dum Homem Bom. Enfim, as significativas razões duma emoção incontida.

Não é fácil, antes carece de sublime inspiração que transcende a nossa vontade, ter-se a natureza de ser Bom, de criar Amigos, de passar nesta vida, como obreiro de boas intenções, espalhando em redor de nós e indiscriminadamente, as fragâncias da simpatia consequente duma vivência vocacionada, por completo, para o sentido da fraternidade.

Erradamente, muitos se convencem de que as benemerências badaladas em vários tons, soprados à força de reluzentes trombetas da fama e da propaganda, têm, só por si, o condão de criar os Homens Bons verdadeiros. Nada mais do que puro e real engano.

Quantos desses, na sua vida normal, desmentem, a cada passo, essa ilusória fama e, quando partem deste mundo, têm, apenas e tristemente, a protocolar cerimónia solene, tantas vezes espaventosa, da despedida formal em cortejos de conveniência, nos quais só a família não comunga e se alheia, porque, humanamente, é autêntico o seu sentimento de dor.

Uma só lágrima dum Amigo escondido, como boa razão de sentir, vale bem mais do que todo o vistoso cerimonial, mas vazio e de significado abstracto. Por isso, é bem certo, que as lágrimas vertidas pelos entes queridos e pelos Amigos, no final da vida de qualquer, valem e correspondem a uma biografia, pois não é um qualquer que cria Amigos capazes de chorar!

Normalmente, vivemos a nossa vida, alheios aos outros, couraçados no nosso egoísmo, criando relações pela natural razão de que existimos na sociedade. Mas em poucos casos e com inteira fidelidade, podemos afirmar que temos ou somos Amigos.

O sentimento da sincera Amizade sendo, como é, dos mais fortes de quantos possamos abrigar no nosso íntimo é, ao mesmo tempo, o mais discreto, o menos espectacular, o menos exuberante. Manifesta-se com a oportunidade que se lhe impõe, em consciência, e com a espontaneidade dos grandes feitos e das mais nobres atitudes, grande parte das vezes desconhecidas pela maioria das pessoas.

Criar na vida Amigos capazes de chorar por nós, de sentirem o verdadeiro desgosto que lhes causa o facto natural de morrermos, senti-lo como perda irreparável, diz, na verdade, muito de nós e do que fomos.

E não há dúvida, de que chegar ao fim da vida na certeza de que fomos alguém, no autêntico sentido da fraternidade, é ficar certo de que vale a pena viver e que estamos em perfeitas condições para nos apresentarmos perante o grande Juiz.

As lágrimas dos Amigos são o mais valioso testemunho que podemos apresentar diante do Julgador imparcial e pesam, como chumbo, na balança onde as virtudes se elevam, iluminando a memória dos que partem, deixando de si bem justificada e perene saudade.

E o José Paulo Cardoso bem merece um render de homenagem sem fim, bem merece a incontida dor que sentimos e as lágrimas dos seus Amigos.

Era um Homem Bom. Um exemplo genuíno da solidariedade e fraternidade dando-se mais aos outros de que a ele próprio.

O mundo perdeu um apóstolo da paz, da harmonia e consenso. Todos nós perdemos um sincero Amigo. E a BRIOSA perdeu um dos seus melhores Presidentes de sempre.

Manuel Capela
um ídolo da Briosa e do futebol nacional

6 de Janeiro de 1998. Morreu Manuel Capela, um dos mais famosos guarda-redes Internacionais do futebol português de todos os tempos, que vindo do Belenenses para a Académica, em 1948, terminou a sua brilhante carreira, em 1956, dando o lugar ao jovem promissor Maló.

Desapareceu um ídolo dos capas-negras e ao desporto nacional.

Fomos companheiros de equipa e Amigos. Demos ambos, o nosso melhor saber, entusiasmo e dedicação à nossa querida BRIOSA, no seu período áureo da primeira metade dos anos cinquenta, de parceria, entre outros, com o inesquecível Nana, o Castela, o Eduardo Santos, o Azeredo, o Pacheco Nobre, o Duarte, o Macedo, o "rato atómico" Bentes, o Torres e o Wilson, etc.

Manuel capela era um dos principais pilares dum magnifico conjunto, que aliava a esmerada arte de bem jogar, o imprescindível (hoje mais do que nunca!) "forcing", traduzido na virilidade e sentido de antecipação, na defesa, e o sentido de penetração e remate pronto, no ataque.

Figuras de vulto da Briosa

Manuel Capela foi um gigante, tanto na estatura física, como, também, na sua reconhecida postura de Homem e Desportista.

Era, para mim e para todos os que com ele lidavam mais perto, uma "criança grande", que se melindrava, por pouco, com as brincadeiras dos colegas de equipa, sem nunca deixar de ser, todavia, um "bom companheiro e amigo de integridade indefectível. Inúmeras vezes comprovou essa virtude!

Agora, que Manuel Capela nos deixou para sempre, recordo deveras sensibilizado, a reconfortante carta de alento que ele me dirigiu, quando vítima de lesão grave, num jogo da BRIOSA, fui submetido a difícil intervenção cirúrgica, numa clínica de Lisboa:

«Coimbra, 25.11.1950 Meu caro Tónio

Um grande abraço, com votos sinceros de que tudo esteja a correr bem e que te encontres animado de, em breve, voltares ao nosso convívio. Desejo-o, ardentemente, para que, com confiança, possa enfrentar o futuro e para que, ao mesmo tempo, me venhas dar aquela ajuda e confiança que tanto me tem faltado com a tua ausência e que, francamente o digo, bastante tenho sentido.

Olha, Tónio, acode-me e salva-me nesta emergência, porque a Académica sem ti não é a mesma coisa. Liga o joelho de qualquer maneira e mesmo de bengala, vem defender-me dos adversários e... do teu "amigo" Mota.

Abraços. As moças não se cansam de procurar por ti. Vem depressa, o mais rapidamente possível.

Um xi-coração do teu Amigo
Manuel Capela»

Tempos depois, regressado a Coimbra, em convalescença com a perna engessada e de muletas, cheguei à Estação Nova e, entre alguns familiares e amigos, lá estava o Manuel Capela, que me acompanhou, de taxi, até casa.

Morava eu, então, num 4.º andar sem elevador, na Rua Ferreira Borges.

Pois, o dedicado hércules Capela, sòzinho, pegou em mim ao colo, como se fosse um peso-pluma e subiu as íngremes escadas sem o prenúncio do menor esforço.

Nunca lhe agradeci devidamente, em vida, estas indubitáveis provas de companheirismo e de Amizade. Melhor ainda, de total solidariedade.

Faço-o agora, publicamente, como preito de homenagem póstuma, deveras comovido e olhos humedecidos, até porque ele faleceu no próprio dia do meu aniversário, o que ainda mais vincula e fará perdurar, nos tempos vindouros, a minha dor e a minha recordação.

Manuel Capela, o nosso bom "gigante" deixou-nos para sempre. Morreu quase só, na obscuridade, depois de uma vivência brilhante e aplaudida pelas multidões dos estádios e rodeado então, de amigos e admiradores de "ocasião".

Após enorme fama, sempre aliás, efémera, passou a imerecido e inteiro esquecimento, mesmo por muitos daqueles que, noutros tempos, tanto o bajularam e vitoriaram.

Manuel Capela faleceu. Perdeu-se uma vida. Perdeu-se uma figura emblemática da ASSOCIAÇÃO ACADÉMICA DE COIMBRA e do futebol português, a quem só a imprevisível trajectória do destino pôs termo, num arrastar de fim de existência de cruel sofrimento físico e psicológico e no mais desalentoso isolamento e confrangedora solidão, em que ele próprio, vencido, completamente se refugiara.

Por tudo o que foi de bom em virtudes humanas e de desportista, Manuel Capela não merecia tão prematuro e triste fim!

Xanana Gusmão
adepto da Briosa

Mandela e Xanana Gusmão foram, sem qualquer sombra de dúvida, os prisioneiros políticos mais célebres do século XX. E, se é verdade que ambos, por fim, mereceram a vitória final dos seus ideais e a justíssima consagração universal, também é certo que, durante anos, sofreram, no cárcere, toda a gama de sofrimentos físicos, morais e psicológicos, sem que o mundo se importasse grandemente, pela acrimónia dos seus destinos, nem pela indefectível razão das suas lutas, na defesa das suas pátrias e seus irmãos, tão deliberadamente castigados pela prepotência ditatorial e tirânica dos opressores.

No caso de Timor, por exemplo, e, finalmente, após anos de premeditado silêncio ou de conivência "traiçoeira" com a Indonésia, as consciências dos governantes das grandes potências acordaram, sem dúvida, alertados pela soma de outros interesses materiais em disputa (políticos e económicos), obrigando-os, por isso, à tão necessária intervenção, mesmo assim sujeita a nefastas e demoradas reflexões e impasses diplomáticos, com o declarado intuito de não desagradar a "gregos e a troianos", enquanto e desumanamente esqueciam o morticínio, a devassidão e o caos que, noite e dia vitimavam, criminosamente, o indefeso, mas patriótico povo timorense.

Entretanto, Xanana Gusmão foi libertado do jugo indonésio e uma das suas primeiras iniciativas foi visitar Portugal, a sua segunda pátria, conforme publicamente deu a entender de voz embargada de emoção e de olhos humedecidos.

Em Outubro de 1999, foi recebido e aclamado no nosso país, como um herói, galarim que conquistou e o sagrou para a História Universal, mercê da sua persistente e indomável bravura pessoal e como comandante da resistência contra o poderoso e sanguinário exército invasor indonésio, bravura essa que nem as grades da prisão conseguiram minimamente, esmorecer.

Das múltiplas manifestações de homenagem que lhe foram prestadas no nosso país, apenas acredito, sem reticências, nas que, espontânea e sinceramente, lhe foram tributadas pelo anónimo "zé povinho", que, sem convites especiais, sem galas e protocolos, desceu à rua maciçamente, para saudar, de alma e coração, o simples cidadão que se tornou soldado, a fim de, embora comprometendo a sua própria vida e liberdade, lutar pela liberdade dos seus compatriotas e pela independência de Timor-Leste.

A tal propósito, há até quem diga, que a visita de Xanana Gusmão a Portugal, foi abusivamente aproveitada para fins político-partidários, controvérsia que não discuto, nem sequer critico, dado que não possuo provas concretas para emitir uma indiscutível opinião sobre essa alegada imiscuidade.

Agora, o que sei e de que tenho a certeza, dado o sentido oportunista tão manifestado, é que esse censurável aproveitamento terá sido praticado, sub-repticiamente, por certos dirigentes de clubes de futebol, através de iniciativas para efeitos mediáticos a favor do seu protagonismo pessoal e para prestígio das suas colectividades.

Com graça e sintomatismo, o conhecido jornalista Baptista Bastos costuma perguntar aos entrevistados:
— Onde é que você estava no 25 de Abril?

Plagiando, de certo modo, essa intencional interrogação, também eu neste instante, tenho a curiosidade de inquirir desses intrometidos dirigentes: — Onde estavam durante anos, e principalmente quando Xanana Gusmão esquecido pelo mundo, sofria na carne e no espírito, a acre clausura da prisão de Cipinang, em Jacarta?

A esses certos presidentes de clubes de futebol, face ao seu natural e comprometedor embaraço, responderei, com frontalidade, que esse, sim, seria o mais propício tempo de lhe demonstrarem o seu incondicional apoio, a sua inteira solidariedade, o seu humanismo, através de concretas e persuasivas manifestações, e de o nomearem sócio honorário das suas colectividades. Porque agora, com pompa e circunstância, frente às câmaras de televisão e com Xanana Gusmão já definitivamente liberto e reconhecido internacionalmente, tais iniciativas daqueles dirigentes já foram deveras tardias e a denunciar, na verdade, oportunismo e censurável aproveitamento, ainda com a agravante de afirmarem que o Heroi de Timor-Leste era acérrimo adepto dos seus clubes. Nada de menos verdadeiro!

Quando em 1977, os capas negras regressaram à I Divisão, foi a Direcção da Académica com a recepção duma extensa carta de Xanana Gusmão, ainda nesse tempo, só e atormentado na prisão de Cipinang, na qual se congratulava com o vitorioso feito e se assumia como incondicional adepto da BRIOSA — o seu clube — desde os tempos de estudante e guarda-redes da Associação Académica de Dili, o "frangueiro", como era conhecido, conforme ele próprio confessava na sua carta.

Como resultado dessa inesperada iniciativa de Xanana Gusmão, que emocionou todos os académicos, a Direcção da BRIOSA tomou logo várias posições consentâneas com tal atitude, enquanto que a Casa da Académica no Porto o nomeou de imediato, por unanimidade e aclamação, como seu Sócio Honorário, deliberação que directamente lhe comunicou, continuando a manter com ele a correspondência possível, sem dúvida, vistoriada pelos carrascos da prisão de Jacarta, onde, na altura e ainda por muito tempo, Xanana Gusmão se encontraria enclausurado e só, a precisar, nesses momentos, sim, de todo o humano apoio e solidariedade.

Portanto, pela verdade dos factos e negativos comportamentos anteriores, reafirmo, ainda hoje, que as homenagens que lhe foram prestadas em 1999, em Lisboa, com tanta pompa e circunstância, cheiraram a oportunismo e propaganda, porque, de todas elas, apenas foram de total e indesmentível crédito, as do "Zé Povinho", que, entusiástica e espontaneamente, desceu à rua com a voz sincera só própria aos plebeus anónimos, a verdadeira Voz de Portugal.

SOBRE O PICA

*O mais célebre "estudante-boémio"
de todos os tempos*

"Estudantes-boémios" de renome

Falar em "estudante-boémio" de Coimbra, aureolado de tão projectada fama, jamais poderá ter numa fácil apreciação generalizada, um mero significado pejorativo, uma vez que não traduz, no inerente comportamento, uma obrigatória e constante forma de estar e de proceder, apenas baseados, como muitos supõem, na ininterrupta cabulice, nas estroinas noitadas e, sobretudo, na escrava submissão aos efeitos etílicos dimanados, traiçoeiramente, do aliciador reino do deus Baco.

Queremos com isto afirmar, em suma e logo "a priori", que ter sido um verdadeiro e genuíno "estudante-boémio" de Coimbra (estirpe histórica já não existente desde há anos!) nunca foi, longe disso, sinónimo de turbulento bêbedo ou de, implicitamente, "persona non grata". Pelo contrário, muitos houve até, que depois de merecerem tal epíteto, com fama e proveito, quando da sua irreverente vivência estudantil, se licenciaram e doutoraram, alguns deles ocupando, posteriormente, altos cargos na vida civil e nacional.

Desde que, há séculos, D. Dinis ordenou a implantação da Universidade na pacata e nostálgica Coimbra, sempre nela existiram "estudantes-boémios" com notável destaque, cada qual, porém, com as suas pessoais características, cujos nomes e feitos se perpetuaram para "semper et ubique".

De entre essas figuras lendárias e de certo modo pitorescas, lembremo-nos, por exemplo, do épico Luís de Camões, que, apesar de, sem sombra de qualquer dúvida, beber também os seus copitos, com maior ou menor abundância e de entrar em monumentais farras, não deixou de ser um consagrado "estudante-boémio" de reconhecida génese romântica e um inveterado aventureiro conquistador, indistintamente de moçoilas tricanas e de donzelas do "jet set" daquelas eras, o que levaria a sua deportação para o longínquo oriente, de onde nos legou os patrióticos e sublimes "Lusíadas".

Para além dele, no decorrer do tempo, outros autênticos "estudantes-boémios" houve depois, que pontificaram e se notabilizaram no meio académico e citadino, mercê do seu peculiar, irreverente e extrovertido "modus vivendi et faciendi" nada condizente, de facto, com uma Coimbra de então, ainda de brandíssimos costumes, religiosamente conservadora e apenas perturbada, de quando em vez, pela divisão partidária entre estudantes e "futricas", cujas tradicionais rixas (já inexistentes!) fizeram história e alteravam a pacatez e misantropia da vida coimbrã.

Dos últimos genuinos "estudantes-boémios" destaque--se, por exemplo, o universitário *Fonseca*, alcunhado de "Fonseca da burra" que, de entre outras façanhas, entrou certa tarde e de rompante, montado num gerico, pelo distinto e aristocrático salão da Pastelaria Central, no momento repleto das mais insígnes "madames da alta roda", a sorver, na altura, enfaticamente, o tradicional e "snob" chá das cinco, desta feita acrescido de enorme bagunça e de alguns desmaios à mistura, onde só o inocente burrico manteve natural postura.

A par dele, e sem dúvida, os derradeiros a merecerem, com mérito absoluto, o título de genuínos "estudantes-boémios" de Coimbra, houve, ainda, entre poucos mais, o *Condorcet*, com as suas hilariantes, inesperadas e acintosas partidas, indistintamente a este ou àquele, com base no ilusionismo, arte em que era mestre. Houve o *Pantaleão*, esse, sim, com as suas piramidais "bubudeiras" (como ele próprio as designava), embora pacíficas e deveras graciosas. Houve também, o alto e magricela *Herculano Oliveira*, de olhar míope e com óculos, que afinava no mesmo diapasão, cuja vinhaça ingerida, à tripa forra, lhe fazia dobrar as esguias pernas, qual pinheiro em dia de tempestade. Reinou, igualmente e de que maneira (!), o consagrado *Castelão de Almeida*, dito como o mais boémio e o mais famoso «dux-veteranorum" da academia de sempre, que, para além das farras e noitadas, teve o talento de fundar, em 1929, o emblemático jornal académico "O PONEY" (do qual fui director de 1950 a 1954), em cujas páginas o seu humor e sátira, em simbiose, por vezes bem contundente, não perdoavam a ninguém, nem mesmo aos Lentes, às autoridades, ao governo e, até, às Comissões de Censura da época.

Por último, aí por volta dos finais dos anos 50, surgiu *Felisberto pica* — o celebérrimo *PICA* —, falecido não há muito, com 75 anos de idade, quando notável médico em Lisboa, que jamais facturava as consultas aos doentes carenciados, sendo, por isso, cognominado como o "médico dos pobres", embora, em moço estudante, tivesse varrido Coimbra, de lés-a-lés, com as mais inusitadas façanhas de irreverentíssimo "bom vivant", ainda hoje relembradas.

Convivi com ele e acompanhei-o, tantas e tantas vezes, nalgumas pândegas e divertidas deambulações, sobre as quais me proponho fazer história em tempo próximo e oportuno.

E, com o PICA, findou por completo e para sempre, poder-se-á afirmar, a centenária dinastia dos verdadeiros "estudantes-boémios" de Coimbra, já que, diga-se com verdade, a evolução da cidade e os efeitos da sua expansão e progresso, extinguiram, de todo, o seu exigido e natural "habitat" e ainda porque a mocidade estudantil actual, sem dúvida por via disso, se subjugou a outras diversas e multifacetadas motivações.

E, neste aspecto, foi tão radical e notória a mudança dos usos e costumes da academia que, com tristeza se diga, a esmagadora maioria até trocou a usança histórica e sistemática da secular e garbosa CAPA E BATINA, pela típica e texana roupagem "made USA", sem dúvida uma vergonha e ultraje para os Gerais, para as Escadas Minerva, para a Porta Férrea, para a universidade em geral e para as antiquíssimas tradições académicas, que seria um obrigatório e sagrado dever preservar, sem mácula, para todo o sempre.

O Pica e o seu génio improvisador

Escrever sobre o saudoso PICA, não é só prestar homenagem póstuma a sua figura ímpar de estudante-boémio, que fez inesquecível história na academia de Coimbra, como, também, enaltecer e recordar a sua irrepreensível postura de notável medico e de cidadão, como se impôs, mais tarde, na sua actividade, designadamente, em Lisboa, onde veio a falecer, vítima de um coração bem depauperado.

Em recordações soltas retiradas, daqui e dali, do manancial de episódios "made in PICA", vou tentar reproduzir, com o "engenho e arte" que me for possível, mais uma — das muitíssimas — facetas originadas pela sua fértil imaginação, sempre usadas de improviso, para resolver problemas que, para os outros, se julgavam insolúveis.

Como todos os dias, a concentração da nossa habitual "seita", sempre capitaneada pelo insubstituível PICA, era feita, a meio das tardes, no "five o'clock tea" da mansão das "madames Pompadour", sita no "afrodisíaco" Terreiro da Erva, depois de umas bebidas na Cervejaria do Menezes.

Essa habitual "seita" era constituída, normalmente, pelo veterano Pintanas (o rei da noite), pelo Zé Pereira, por mim próprio, pelo Dr. Mercier Miranda e pelo

Jeremim, pelo Zé Braga e por outros poucos mais, também frequentadores assíduos do célebre "Ó ARLINDO" dos bons petiscos.

Pois, nesse certo dia, a meio da tarde, para não fugir à quase tradicional regra, todos os componentes da "seita", num cômputo geral, apenas tinham uns "miseráveis trocos", que nem sequer davam para um prato de tremoços (sem cerveja, entenda-se!). Enfim, todo o grupo em completa falência.

Ora, a nossa "ronda" noctívaga, como sempre perspectivada com final lá para as tantas da madrugada, mal ainda se tinha iniciado e, claro, sem dinheiro não havia hipótese de "alimentar" e "refrescar" o corpo, na proporção do nosso espírito alegre e folgazão.

Portanto, o ambiente, entre nós, era um tanto soturno, com cada um pensando na forma mais fácil (no nosso caso impossível!) de se conseguir o "vil metal" indispensável.

Todavia, perante o desânimo de todos, a quem as "massas cinzentas" não ditava qualquer solução, eis, que surge o PICA, de sorriso malandreco e bigodinho afilado, com mais uma das suas intervenções salvadoras:

— Já sei como resolver o problema. Esperem por mim aqui, durante mais ou menos meia hora!

E, dito isto, desapareceu correndo, pela Rua Direita, deixando-nos atónitos e a cogitar sobre a ideia que havia desta vez, perpassado pelo imaginativo cérebro do genial PICA.

Entretanto, os minutos foram passando e, dentro do prazo previsto, vimos, perplexos, o PICA surgir, ofegante, testa suada e meio arqueado, carregando, envolto pela capa, um misterioso volume nada pequeno, ao mesmo tempo que, ainda sufocado pelo esforço despendido, nos informou triunfante:

— *Pronto! A situação está resolvida. Agora, é só irmos à casa de penhores do "masoquista, da Rua das Figueirinhas, que é quem empresta mais. Mas, com uma condição, ou seja, a de, entre todos e o mais breve possível, arranjarmos o dinheiro necessário para resgatar o que aqui trago.*

E o PICA, desdobrando, então, a capa e à socapa, mostrou-nos a "cabeça" de uma máquina de costura marca SINGER, ainda em estado novo.

Face ao nosso justificado espanto e perante tão insólita situação, o PICA, com o seu ar atrevido e bonacheirão, explicou-nos:

— *Isto, é da minha senhoria. Ela está para fora durante uns dias. Limitei-me, portanto, a desaparafusar a "cabeça" da máquina, pois, é parte mais valiosa e mais fácil de transportar. Vocês, vão ver, que renderá algum dinheiro.*

Ainda incrédulos, perguntámos ao endiabrado PICA:

— *Mas, ouve lá. E se a tua senhoria regressa e dá pela falta da "cabeça" da máquina?*

Resoluto e sem pestanejar, o PICA esclareceu, prontamente:

— *Ora, não há receio. A máquina de costura fica no quarto das arrumações e tem uma espécie de campânula que a encima, tapando, por completo, o buraco deixado pela falta da "cabeça", que retirei...*

Continuando pouco esclarecidos, interrompêmo-lo:

— *Está bem. Mas, quando a tua senhoria regressar e tiver de coser qualquer coisa?*

Com resposta na ponta da língua, o PICA logo nos esclareceu:

— *Não há perigo. A minha senhoria, por estar muito fraca, foi aconselhada a passar uns dias na terra, para absoluto descanso e mudança de ares. E, como ela obedece cegamente, às prescrições do seu médico, nem de longe, agora, se aproxima da máquina de costurar, por causa do "peso nas costas", como ela se queixa.*

Posto isto, tudo aconteceu como o saudoso PICA "profetizou". As suas deduções e resultados foram lei.

Pusemos a "cabeça" da máquina de costura na casa de penhores do afamado "masoquista", da Rua das Figueirinhas, que, depois de muito regatearmos e de lhe darmos umas fortes palmadas nas costas (ele gostava!), nos rendeu o dinheiro suficiente para as opíparas e vinículas noitadas de quase um semana.

Entretanto, cumprindo com a nossa palavra, angariámos depois, entre todos (embora a muito custo!), os fundos necessários para resgatar a peça, a qual o PICA repôs, a tempo e cuidadosamente, no seu devido lugar, sem que a sua senhoria, sequer, sonhasse, mesmo ao de leve, do que se tinha passado na sua ausência.

E foi este, entre muitos outros para recordar, mais um dos episódios que, hoje, decidi explanar, em que se espelha a enorme capacidade humorística, improvisadora e inteligente do saudoso PICA, um dos mais famosos "estudantes-boémios" da academia de Coimbra.

Não está já ele entre nós, como aliás, o não estão também, alguns outros dos componentes da habitual "seita", que comandava e contagiava com as suas inesperadas, inconcebíveis mas sempre alegres "estroinices".

No entanto, o PICA — o célebre PICA — viverá sempre na gratissima recordação de todos, como uma LENDA imperecível.

O Pica e a cena eventualmente chocante

Sou um arreigado "salatina" da Alta de Coimbra, onde nasci. Nesta cidade cabulamente estudei e actuei na "mística" BRIOSA (1956/42 a 1949/56), actividade que, no entanto, não obstou que, simultaneamente, abusasse de muitas estroinices e noitadas. Fui, também, colaborador e director do jornal académico "O PONEY", fundado em 1929, pelo "imortal estudante-boémio" Castelão de Almeida, periódico que ainda sobrevive, com louvável pertinácia apesar do moderno ambiente estudantil e citadino não ser já propício aos seus remoques sátiros e humorísticos.

Para além disso, sempre fui um assíduo consultante de livros e alfarrábios alusivos a COIMBRA e à BRIOSA e, até, para glória minha e desilusão para os leitores, escrevi o "PONTAPÉS P'RÓ AR", editado pelo Primeiro de Janeiro, em 1951, onde glosava, humoristicamente, figuras e factos do futebol académico daquele tempo, edição essa que se esgotou (ainda estou para saber porquê) prefaciada pelo então seleccionador nacional Dr. Tavares da Silva e pelo consagrado jornalista Adriano Peixoto, proeminentes desportistas e homens de letras já desaparecidos.

Todo este "currículo", talvez imodestamente apresentado, não me qualificará, nem de longe, como um enciclopédico na matéria, mas habilitar-me-á, mesmo que minimamente, como credível contador de histórias sobre COIMBRA e seus ESTUDANTES (doutros tempos) e sobre a BRIOSA (de sempre!).

É nessa base, portanto, que vou narrar mais um dos episódios originais do "estudante-boémio" PICA, cujo manancial de facetas daria para volume muito maior que os Lusíadas ou das incomensuráveis obras de Victor Hugo.

Ora, aqui vai...

A nossa "seita", sempre por ele capitaneada, raramente deambulava durante o dia, nos comes e bebes (mais bebes de que comes!) e consequentes folguedos, dado que todos éramos uns devotados peregrinos da noite. Portanto, as tardes eram por nós passadas com mais paz e sossego, sobretudo de corpo, talvez como necessário remanso pelas ressacas das vigílias anteriores.

Ora, porque habitualmente, andávamos sempre pelintras, as partes das tardes eram consumidas em modorra cavaqueira no Café Arcádia ou, então, a jogar às cartas, quer ao sete-e-meio, ao king ou à popular sueca, mas, sempre a feijões, porque os "cifrões" possuídos eram, no todo do grupo, bem parcos para as predilectas andanças nocturnas que se avizinhavam.

Para este nosso último entretenimento, nada mais aconselhável do que o Café BRASILEIRA, na rua Ferreira Borges, com o beneplácito do compreensivo gerente Lima, que "aturava" a nossa invasão.

No rés-do-chão, o lugar preferido pelos circunspectos intelectuais, poetas e político à frente de inspiradoras "bicas", defendendo as suas teses, por vezes bem apaixonadas. No primeiro andar amplo, o local de diversão dos taqueiros bilharistas com as carambolas às turras. No último piso, como casino, lá estava o salão das mesas de pano verde, dividido em série de gabinetes, uns tantos reservados aos jogos de cartas a "doer", onde os viciados bancavam a "boa ou má fortuna" e, outros poucos mais, destinados aos simples e "tesos" amadores do baralho de naipes, onde, como é lógico, assentávamos arraiais.

Ora acontecia que, durante esses nossos períodos de lazer, aparecia sempre um indivíduo de meia idade e farto bigode, que, deambulando entre nós e debruçando-se sobre as cabeças de cada um, visionava as nossas cartas e cochichava, surdamente, aos nossos ouvidos, os lances que devíamos efectuar. Era, enfim, um exemplar do tradicional chatíssimo e insuportável "coca", que só terminava a sua antipática e intrometida interferência, quando, profunda e pesadamente, adormecia numa cadeira ao lado.

Há tempos, que já não suportávamos tal comportamento, tentando descobrir maneira de nos vermos livres de tal empecilho. Até que...

Até que o expedito PICA teve mais uma das suas geniais e irreverentes soluções.

Foi ao Bar munir-se dum vulgar palito. Deslocou-se "à casa de banho, vulgo WC, onde lhe mergulhou a ponta num pouco de fezes, voltando, sempre em silêncio, para junto de nós.

Perante a nossa estupefacção e aproveitando o pesadíssimo sono do "coca", o PICA, de muito mansinho, com a ponta emporcalhada do citado palito, untou-lhe uma ínfima parte do farfalhudo bigode mesmo junto ao nariz, sem que a "vítima", minimamente, desse por isso.

E continuámos a jogar, na expectativa do que poderia vir a acontecer.

Passado um bom bocado o "coca" acordou, espreguiçando-se e bocejando começando, entretanto, a andar de um lado para o outro, a "farejar" de nariz levantado e olhar interrogativo, procurando descobrir, sem devida, a origem do nauseabundo "perfume" que só a ele afectava, devido à localização estratégica da fonte do pestilento odor, propositadamente já escolhida, para isso, pelo irreverente PICA.

Após mais umas infrutíferas tentativas, o "coca" virando-se para nós sempre de fácies deveras enojado, perguntou:

— *Está aqui um cheirete horrível. E insuportável. Vocês, não acham?*

Com a maior das canduras, continuando na jogatina e sem sequer o olharmos, laconicamente, respondemos:

— *Não. Por acaso até está um ambiente bem agradável!*

Face à nossa aparente calma reacção, o "coca", despedindo-se, sem pré com contínuas inspirações "farejantes" e monólogos assas inconvenientes, lá abalou com o "chieirinho" bem perto do nariz.

E o certo é que, com esta "cena eventualmente chocante", provocada pelo genial PICA, o chatérrimo e insuportável "coca", de meia idade e farto bigode, nunca mais apareceu.

Foi, sem dúvida, remédio mal cheiroso, mas eficaz e determinante!

Pica, o irreverente boémio benquisto

O PICA terá sido (se, porventura, não o foi, na verdade!), um dos mais típicos e excêntricos "estudantes-boémios" que, desde sempre, passaram por Coimbra.

É certo, que bebia o seu copito, mas não era preciso estar "escravo" do deus Baco, para protagonizar os episódios mais excêntricos, repentinos e inusitados.

Anote-se, de seguida, algumas das Hilariantes facetas por ele provocadas.

Na Associação Cristã dos Estudantes, vulgo ACE, na rua Alexandre Herculano, realizava-se um decisivo encontro de ping-pong, para a fase final do Campeonato Regional.

Frente a frente, as equipas do ACE e do Sport. Casa cheia de aficcionados, entre eles o nosso PICA.

A certa altura, o atleta do Sport "puxa" uma bola que, ressaltando na parte da mesa do adversário, se eleva e ultrapassa o balcão do bar existente ao fundo da sala, desaparecendo.

De entre a assistência, o PICA, solícito e de imediato, desloca-se atrás do citado balcão e reavendo a bola, atira-a de longe e com certa força, ao jogador que ganhara o lance, que a recebe, no ar, com a sua raquete.

Sobre o Pica

Mas, pasmos dos pasmos, a bola, logo que embateu na face da raquete receptora, desfez-se completamente, deixando o atleta do Sport, a mesa e as redondezas, cheios dum líquido branco amarelado e algumas cascas.

O que acontecera, afinal, para tão flagrante e inesperado fenómeno, que como é natural, provocou um surdo espanto geral?

Simplesmente, o seguinte. O PICA, ao ir buscar a bola atrás do balcão do bar, notou a existência duma cesta de ovos e logo o seu permanente espírito de brincalhão nato imaginou, de pronto, uma das suas partidinhas.

Ao ressurgir detrás do referido balcão, em vez da bola, arremessou um dos ovos de que, propositadamente para o efeito, se apossara, iludindo o jogador do Sport e toda a assistência

E o certo é que, apesar do insólito e provocante gesto do PICA e após uns momentos de estupefacção, ningém resistiu. Foi uma tempestade de sonoras gargalhadas. Do público assistente e, até, do próprio atleta e restantes pessoas atingidas pelos vestígios do ovo esfarelado.

Esta passou-se num restaurante sito na Escada dos Gatos, perto do Largo da Portagem, também lugar habitual das estadias do PICA.

Junto a uma das filas de mesas da vasta sala, existia um grande aquário habitado por certo número de peixes tropicais.

Ao começar de todas as noites aparecia um indivíduo, sisudo com cara de poucos amigos, que não ligava a ninguém. Era um verdadeiro exemplo de "sinais exteriores de importância", que o tornava antipático para toda a gente.

E, era certo e sabido. Mal entrava na sala, dirigia-se imponente e silenciosamente, para uma das mesas e, sem sequer olhar para o aquário, depositava sempre em cima da tampa de vidro que o cobria, o seu vistoso chapéu de abas largas. Fazia-o já automaticamente, num gesto estranho, descabido e repetido, apesar de na sala haver vários cabides, a denunciar, portanto, nítida, inconveniente e indesculpável comodidade.

E, certa vez, o PICA resolveu vingar-se bem à sua maneira peculiar.

Numa das noites, antes do "homem importante" entrar, foi-se ao aquário e retirou-lhe a tampa de vidro que o encimava, escondendo-a em lugar oculto.

Passado algum tempo surgiu o altivo e "peneirento" personagem que, como habitualmente, antes de se sentar, passou pelo aquário, depositando, sem se quer olhar para ele, o costumado chapéu. Era já tão automático o seu gesto, que, nem por sombras, deu pela falta da tampa que, normalmente, o cobria.

E a vingança do PICA foi de resultado concludente!

O "homem importante" e antipático ao levantar-se, uma hora depois, e ao procurar reaver o seu vistoso chapéu de abas largas, foi com incontida surpresa que o viu submerso pela água do aquário sem tampa, rodeado pelos peixinhos tropicais bailando à sua volta.

Saiu furioso, sem pedir explicações a ninguém, mas, certamente, ciente das razões de tão drástica partida do nosso imaginoso PICA.

O PICA era pródigo em actos surpreendentes, alguns dos quais, embora inocentemente praticados, o levaram a recolher, muitas vezes, aos calabouços da polícia, onde, diga-se de passagem, era tratado como um príncipe, uma vez que, nem as autoridades resistiam "às suas graças e porque o sabiam incapaz de delitos recrimináveis. Mas, "dura Lex, sed Lex", sendo portanto, inevitável a sua prisão.

O caso que vou narrar, passou-se nas Escadas do Quebra-Costas, que vão dar "a Sé Velha, onde, bem perto, também se situa a REAL-BEPÚBLICA DOS KÁGADOS, de tão fartas tradições académicas.

Ora, o PICA, certa noite, abusou um tanto dos copos, na Cervejaria do Menezes, no "afrodisíaco" Terreiro da Erva. Estava que nem chumbo!

Como residia na rua dos Militares, em plena Alta, tinha de percorrer longa distância e, inclusivè, subir as íngremes Escadas do Quebra-costas, onde, ao tempo, existiam vários estabelecimentos vendedores de móveis, com as suas montras expositoras.

O PICA saiu da Cervejaria Menezes, já perto da madrugada, trôpego e completamente alienado pelos efeitos etílicos. Muitíssimo bêbedo, portanto.

Com enorme dificuldade, lá foi ziguezagueando pelas estreitas ruas da Baixa até chegar ao Arco de Almedina, iniciando a subida das empinadas Escadas do Quebra--Costas, num esforço desarticulado e titânico.

Após alguns tropeções, não aguentou mais. Parou, sentando-se num dos degraus. Para ele, no estado em que estava, a ascenção daquela escadaria era muito mais difícil do que a escalada dos montes Pirinéus.

Minutos depois, olhando, de soslaio esgazeado, para o interior da montra de um dos estabelecimentos de móveis, viu uma cama em exposição. Não era miragem. Era, na verdade, uma cama com colchão e tudo!

E o PICA não resistiu. Conforme as forças e o discernimento lhe permitiram, ergueu-se, desajeitadamente, do degrau, amparou-se à parede e, após poucos passos — pumba! — arrombou a porta da loja, indo refastelar-se naquela cama tão oportuna e "milagrosamente" aparecida, caindo, de imediato, num sono profundo nos braços de Morfeu.

Ao romper do dia, frente à montra, um grupo de pessoas ria a bom rir, tecendo graciosos comentários. Mais gente apareceu. Mais sonoras gargalhadas, até que chegou o polícia de giro que, entrando no estabelecimento da porta arrombada, ao identificar o intruso o acordou, com benevolência, levando-o, quase ao colo, até à esquadra da Baixa.

Ali, o chefe do posto, ao reconhecer o PICA, sorriu, deteve-o durante umas horas até que lhe passasse a carraspana, mandando-o depois em liberdade, porque, entretanto, nem sequer o dono da loja de móveis apresentou queixa da ocorrência, sabendo de quem se tratava.

Enfim, o PICA era um "estudante-boémio", mas benquisto por toda a gente!

Luis de Camões e Pica — os deportados

Com o beneplácito do JORNAL DE NOTÍCIAS e mercê da sua projectada popularidade e enorme expansão por Portugal além, e não só, tenho vindo a explanar, nas suas colunas, a ocorrência de FACTOS e a vivência de FIGURAS, que se destacaram na Coimbra de antanho, que para sempre ficaram vinculadas no "curriculum" da cidade e que, portanto, fazem parte integrante do seu multifacetado e sobressaído historial.

Nessa explanação, tento puxar pela memória, encenando, assim e consequentemente, uma recordativa e retrospectiva viagem ao passado.

Claramente, que nos meus escritos (até porque seria uma veleidade de minha parte) não relembro os feitos gloriosos da nossa História, iniciados pelo destemido e heróico pastor Viriato, que, à cajadada, qual "Asterix", defendeu a Lusitânea, nem tão pouco, recordo o Condado Portucalense, cordão umbilical da nossa Pátria. Também não me detenho nas conquistas de D. Afonso Henriques, o nosso "Zorro" fundador da nacionalidade, nem nas regatas aventureiras dos nossos intrépidos velejadores das naus Catrinetas, que deram novos mundos ao mundo. Nem, sequer, relembro a romântico-trágica Fonte dos

Amores, na Quinta das Lágrimas, que perpetua a infortunada paixão entre D. Pedro e D. Inês.

Nada disso, até porque a fundamentada descrição desses transcendentes factos e figuras, é, apenas e exclusivamente, da responsabilidade dos historiadores de verdade e não da minha modesta condição de escriba por curiosidade.

A única intenção que tenho é, sim, sempre que mo permitirem e de quando em vez, trazer à ribalta alguns episódios e personagens, sem dúvida de muito menor importância e amplitude universais, mas que, todavia, sendo de vincado cariz local, não deixaram de ficar gravados nas páginas da história de Coimbra, designadamente, no roteiro da etnia estudantil, cuja fama e projecção, por tão peculiares e surpreendentes, transvasaram os próprios muros da cidade mondeguina, com eco por montes e vales do nosso país.

Hoje, vou repetir-me. Vou relembrar, novamente, o Felisberto Pica, o carismático e saudoso PICA, que foi o último figurante, digno da designação, da secular dinastia dos genuínos e verdadeiros "estudantes-boémios" de Coimbra, estirpe especial há anos desaparecida, por inadaptação, devido à modernização dos usos e costumes do ambiente geral da academia e, também, ao progresso e expansão demográfica e geográfica da própria cidade.

Estávamos nos finais dos anos 50. Surgiu o PICA, abalado de Santiago do Cacém, com o intuito de se licenciar em Medicina. Parece que estou a vê-lo, quando da sua chegada, ao fim da tarde, à Pensão Antunes, preferida pelos estudantes, sita perto dos Arcos do Jardim, ainda existente na actualidade.

Sobre o Pica

De estatura meã, cara de bonacheirão, bigode fininho, de sorriso malandreco num todo a irradiar simpatia e com um imediato poder de comunicação, como se já conhecesse toda a gente. Enfim, um extrovertido por natureza.

O PICA, porém, apesar dos anos decorridos com a inseparável capa e batina, nunca conseguiu obter o "canudo" de Médico, na Universidade de Coimbra. Primeiro, porque foi sempre um reincidente "pecador" na arte de estudar, para quem os livros e "sebentas" pesavam em demasia, e, segundo, porque as suas excelsas "virtudes" de inveterado e irreverente "bon-vivant" (diurno e noctívago) não lhe deixavam tempo e disposição para ser um fiel súbdito da sábia deusa Minerva, a qual nunca conseguiu amadrinhá-lo.

Diga-se, contudo, que a fundamental e decisiva razão que ditou o insucesso escolar do PICA, na Lusa-Atenas, deve-se ao inusitado facto de ter sido institucionalmente expulso da Comarca de Coimbra (numa área de 50 Km^2) a que foi condenado pelo tribunal, porque o seu número de prisões, por pequenos delitos (originados pelas "farras"), excedera o montante previsto na lei, o que motivou, em boa hora, a sua transferência para o Porto, onde, com notável mérito, acabou a sua formatura em Medicina.

Todavia, o inacreditável decorrer do julgamento, que sancionou tão drástica condenação (inédita, até agora, na jurisdição coimbrã!), bem merece ser narrada, embora sucintamente e sem o colorido e hilariante cenário que o envolveu, de princípio ao fim. Ora, atentem, pois, em tal insólito.

Palácio da Justiça, na rua da Sofia. A grande sala de audiências cheia, a transbordar de capas-negras e de público admirador do PICA, também ele trajando de estudante. O interrogatório foi feito com generalizada boa disposição. Juízes, advogados de defesa e de acusação (apenas o do Ministério Público), polícias depoentes e autores das prisões do PICA, bem como a enorme assistência, todos a comportar-se como se estivessem numa autêntica festa de confraternização. Enfim, tudo e todos pela absolvição!

Mas, "dura lex sed lex". O juiz ergueu-se e, entre sorriso mal dissimulado, declarou: — *Levante-se o réu. Pelo acumulativo das prisões, conforme a lei determina, sou obrigado a condená-lo a expulsão da Comarca de Coimbra, não podendo nela residir ou deslocar-se, numa área de 50 Km2. Adeus, senhor Pica. Está encerrada a sessão!*

Um profundo silêncio invadiu a sala de tribunal. E, então, sem dúvida recordando o igual destino que, séculos atrás, acontecera ao épico autor dos Lusíadas, também ele condenado ao desterro para a Índia, o espontâneo PICA, erguendo-se de braços abertos, qual Cristo-Rei, declamou, em voz alta, com encenada comoção:

— *EXILADO? — ÓH, MEU DEUS! SÓ EU E LUIS DE CAMÕES. TAMBÉM FICAREI PARA A HISTÓRIA!*

Perante tão inesperada reacção do "condenado", nunca as respeitáveis entranhas da sala de audiências foram testemunha de tamanho festim de gargalhadas, a que até os doutos juízes e advogados não resistiram.

Já não há genuínos e verdadeiros "estudantes-boémios" em Coimbra. Todos faleceram já, incluindo o saudoso PICA, com quem ainda convivi. Todavia os seus "gloriosos feitos", no passado, farão sempre parte das lendas e narrativas do historial da academia e da própria cidade. Deixai, portanto, que as relembre de quando em vez.

O Pica, Eu e os lanches dos defuntos

Se os pecados que cometemos, neste mundo, irão ser passíveis de consequente castigo no além, então é certíssimo que, a esmagadora maioria de nós terá de prestar contas no "juízo final". Por isso se afirma até, que existe o céu, o paraíso, o purgatório e o diabólico inferno, como lugares condizentes com a proporcionalidade da graveza dos nossos erros em vida.

Consolemo-nos, porém, com a generalizada convicção de que os pecadilhos praticados durante a irreverente juventude, serão tidos como aceitável atenuante.

O caso verídico que vou contar, acontecido já em tempos idos, espero bem que se englobe, cabalmente, nessa consoladora convicção, perspectiva essa que me deixa muito mais aliviado.

Ora, atentem, pois, no inusitado acontecimento de que fui um dos principais figurantes e que, ainda hoje, me faz pesar a consciência.

Ocasionalmente, nessa tarde já longínqua, apenas eu e o célebre "estudante-boémio" PICA aparecemos no habitual e diário ponto de encontro, no Café Arcádia ou na Brasileira. Dos restantes companheiros da nossa trupe e das tradicionais folias, nem vê-los, o que era raríssimo.

Após bastante tempo de espera inútil, resolvemos deambular pelas concorridas ruas Ferreira Borges e Visconde da Luz, olhando para aqui e ali, mirando, claro, mais as moçoilas do que as montras.

Muitos minutos foram passando nesse compulsivo vaivém, despido de qualquer pontual interesse, até que chegou a hora do lanche.

Foi então, que o célebre PICA, virando-se para mim, desabafou:

— Na noitada de ontem abusei. Hoje só beberei uns copos lá para a noite. Agora, apenas comeria qualquer coisa boa, que me aconchegasse o estômago. Mas, estou teso. E tu?

Perante a minha desconsolada e negativa resposta, o PICA, depois de matutar um pouco, agarrando-me no braço, disse:

— Já sei. Anda daí!

Perplexo, lá o segui, sem saber o que iria naquela cabecinha pensadora, até que ele parou junto da Livraria Coimbra Editora, na esquina que dá para o Arco de Almedina, com os olhos fixos numa das montras.

Eu, continuava abstracto, só reparando que, nessa montra, estavam afixados alguns editais anunciativos do falecimento de certas pessoas, editais esses, que eram lidos, um por um, pelo PICA, com lápis e papel na mão.

Sem perceber, ainda, as suas intenções, perguntei com certa inocência:

— Ó PICA, o que estás a fazer com esses rabiscos?

Com o seu ar bonacheirão e bigode fininho, respondeu-me:

António Curado

— Estou a escolher o melhor sítio para irmos lanchar. Anda daí!

E lá me arrastou até às bandas da Avenida dos Combatentes, que vai dar ao actual Estádio Municipal, no Calhabé.

Olhando, então, para o papel que rabiscara, anteriormente, frente à montra da Coimbra Editora, disse-me, baixinho:

— É este o número. É palacete rico. Deve ser bom!

Completamente atónito com o que se passava, insisti:

— Mas, é bom porquê e para quê?

Com toda a calma, o PICA, em surdina, esclareceu-me:

— Nesta moradia está um velório. E, como deves saber, é hábito e, até, de bom tom, estar o defunto no seu caixão, numa das salas, enquanto noutra, a mesa dos "comes e bebes" oferecidos às pessoas que vêm apresentar as condolências. Anda, vem atrás de mim e faz o que eu fizer!

E, lá fui com ele, confesso que um tanto receoso, mas fiel cooperante.

Entrámos. Subimos um lance de seis degraus. Do lado direito, a sala do falecido, bem composto e aconchegado no seu esquife, rodeado de muitas coroas de flores coloridas a contrastar com o negrume das vestes de muitos condoídos presentes, de lágrima no olho, conversando baixinho e bisbilhotando, de soslaio, quem entrava e saía, em mórbida curiosidade.

O PICA, então, com andar mansinho, em atitude de circunspectante tristeza, dirigiu-se à pessoa que julgara ser o parente mais próximo do defunto, estendeu-lhe a mão e, com intencional emoção, apresentou-lhe os sentidos pêsames da praxe.

Eu, pasmado, sempre atrás dele, não fiz mais do que, integralmente, lhe seguir o exemplo, embora tivesse sentido um certo arrepio, quando passei pelo morto, tão sossegado e arrumadinho, no seu caixão de mogno, com vistosas pegas douradas e outros sinais exteriores de riqueza.

Estivemos uns minutos, em contemplação circunstancial, naquele tristonho ambiente fúnebre, até que o PICA desandou, surrateiramente, para a porta de saída da sala do velório. E, eu, claro, sempre atrás dele.

Mesmo em frente, deparámos com a almejada saleta dos "comes e bebes". Entrámos, de olhos gulosos. Um espectáculo de sortidos manjares, em cima de longa mesa ricamente atoalhada e com guardanapos e tudo, onde não faltava, sequer, bom vinho em vistosas canecas de fina porcelana.

Se junto do malogrado falecido, que nunca conheceramos em vida, embora a família o supuzesse, apenas estivemos uns parcos minutos, nessa apetitosa sala permanecemos largo tempo, sempre saboreando bem regados pitéus. E, que pitéus!

É certo, que ainda fizemos esta prática mais quatro ou cinco vezes, mas sempre em velórios em lugares distanciados, não fosse que, a reincidência, em moradias muito próximas e dando, por isso, nas vistas, se tornasse deveras conhecida e nos provocasse os consequentes dissabores.

Enfim, estas peripécias, fazem lembrar-me, que se, em Boticas, lá para Trás-os-Montes, tem ainda fama o "VINHO DOS MORTOS", engarrafado e enterrado para escapar aos saques dos invasores franceses, também o PICA, mais de cem anos depois, com o seu génio improvisador, inventou o "LANCHE DOS DEFUNTOS", de que ambos, durante algum tempo, tiveramos bom e opíparo proveito.

O Pica, Nós e o mouco indesejável

Costumávamos frequentar o Restaurante "AEMINIUM", nas Escadas dos Gatos, onde, a troco do escasso lucro duma ou duas cervejas (já que as nossas reservas não davam para mais) éramos, como é óbvio, frequentadores baratos, beneficiando, porém, da complacência e simpatia do dono do estabelecimento e da empregada Domitília que, ainda por cima, tinha um denunciado fraquinho pela Pica.

Normalmente, aparecia por lá um indivíduo um tanto antipático e intrometediço que, para cúmulo, era um ferrenho benfiquista e não se privava de, em voz alta, criticar a Académica, o que, claro, a todos nos irritava sobremaneira.

A insuportável criatura era surda que nem uma porta e, como consequência, usava, nos ouvidos, daqueles auscultadores antigos ligados, por fios, a pequeno aparelho regulador do som escondido junto ao tórax por baixo do peitilho da camisa.

Embora nenhum de nós lhe ligasse importância, metia-se nas nossas conversas com apartes chatíssimos e, sobretudo, repita-se, maldizentes em relação à Briosa.

Perante a intolerabilidade das contínuas interferências do malquisto intruso, o Pica, a seu inesperado modo, resolveu terminar, de vez, com tão desagradáveis situações.

Numa das tardes do nosso convívio, no "AEMINIUM", e antes da entrada do indesejável fulano, virou-se para nós e instruiu-nos:

— Quando aquele tipo entrar e se sentar perto de nós, abordamos uma banal conversa em voz alta. Passados um ou dois minutos, quando ele estiver mais atento, todos nós apenas mexeremos os lábios, mas em absoluto silêncio, como se continuássemos conversando normalmente.

O homem entrou. Aproximou-se de nós e sentou-se, connosco a falar com toda a naturalidade, como se nem déssemos por ele.

Decorridos os previstos minutos, seguindo as instruções do Pica, apenas começámos a mexer os lábios, silenciosamente.

O surdo intruso, deixando, repentinamente, de ouvir o timbre das nossas vozes e julgando, sem dúvida, tratar-se da desincronização do seu aparelho regulador de som, de imediato levou a mão ao tórax, debaixo do peitilho da camisa, no intuito de lhe aumentar a tonalidade.

Mexeu e remexeu no dito aparelho, mas sem qualquer resultado, uma vez que continuávamos, apenas, a mexer os lábios.

Porém, a um sinal do Pica, voltámos a conversar em voz alta, o que provocou uma frenética reacção do antipático surdo, já que o aumento repentino do grau de intensidade das nossas vozes lhe provocou, como é evidente, uma brusca barulheira infernal nos seus tímpanos desprevenidos.

Sempre sob a regência simulada do Pica, repetimos várias vezes esta cena, ocasionando, por isso, espaços de absoluto silêncio intercalados por estrondosas perturbações sonoras nos ouvidos da criatura.

E, enquanto isso, o inconveniente intruso, sem, sequer, desconfiar da nossa artimanha, continuava, nervosa e continuamente, a mexer e remexer no seu aparelho regulador de som, já com o peitilho da camisa todo desapertado e desalinhado, tal era o esforço das tentativas infrutíferas para o sincronizar.

Já farto e desnorteado, o indesejável surdo, sempre resmungando, saiu, abruptamente, do Restaurante "AEMINIUM", certamente, para se dirigir a qualquer oficina técnica da especialidade ou, então, para marcar consulta no seu médico otorrinolaringologista.

E foi com mais uma ideia genial do célebre Pica, que nos libertámos do chatíssimo mouco intrometido, benfiquista fanático e maldizente crónico da Académica, o que, acima de tudo, não tolerávamos.

EPISÓDIOS PITORESCOS EM CAMPO

Recordações dum jogador da BRIOSA

Huskevarna
o jogador sueco dos pés grandes

Sei que ocorreu quase nos finais da década de 40. Lembro-me do pitoresco episódio em pormenor, como se tivesse acontecido hoje, mas não da data certa em que se verificou. De resto, foi sempre pecado meu, quando estudante, decorar e saber, fluentemente, os factos das Histórias de Portugal e Universal, mas nunca reter e lembrar as datas em que ocorreram.

Mas, aqui, o que mais interessa, é recordar esse inusitado acontecimento, que deu tanto brado no meio académico de então e que tanto "suspense" provocou, principalmente nos indefectíveis "teóricos" daquele tempo que, confesse-se, eram em muito maior número do que na actualidade, mais críticos e exigentes e que, em "multidão", tanto compareciam aos jogos, como aos treinos de conjunto, designadamente, nos das quintas-feiras.

Antigamente, aliás como agora, era já habitual, em certa altura do ano, virem estudantes estrangeiros frequentar cursos na Universidade de Coimbra, mercê de bolsas de estudo concedidas para tal fim.

Numa certa época, correu célere a notícia de que um desses estudantes estrangeiros era, nem mais, nem menos, um famoso jogador de nacionalidade sueca que, sendo futebolista amador, também, simultaneamente, cursava o ensino superior de Letras.

Tal novidade, como é natural, provocou, de imediato, um movimento de expectante curiosidade entre os sempre atentos "teóricos" da BRIOSA e não menos interesse da parte dos dirigentes da secção de futebol da ASSOCIAÇÃO ACADÉMICA (nesse tempo, longe disso, ainda não havia OAF).

Localizada a pensão (a do Antunes) em que o alegado famoso jogador sueco estava hospedado, logo os responsáveis académicos apressaram a necessária visita de apresentação para efeito do respectivo convite, pois, tão categorizado jogador seria oportuno e óptimo reforço para a equipa dos capas negras, nesse tempo e por rígido regulamento, apenas composta, exclusivamente, por atletas estudantes de facto.

E, no frente a frente da apresentação, o já tão falado e já célebre jogador estudantil sueco lá estava. Louraço, espadaúdo, enorme com quase dois metros. Enfim, uma estampa invulgar de atleta, o que ainda mais entusiasmou os directores da BRIOSA.

Dada a diferença de idiomas e como não havia intérprete à altura, e mais por mímica e num macarrónico mesclado de sueco-português (e vice versa) todos os intervenientes se entenderam, o convite foi feito e aceite, e logo marcada a comparência do estudante bolseiro, com fama de "craque", para o treino de conjunto entre a equipa principal e a reserva, que se realizaria numa quinta-feira próxima.

"Teóricos" e centenas de simpatizantes da BRIOSA, que estavam em "pulgas" quanto ao resultado das diligências, ao saberem do acordo estabelecido, imediatamente se dispuzeram a assistir à ansiada estreia do apregoado famoso futebolista-estudante nórdico.

E, como o nome dele, em sueco, era de dificílima assimilação e pronúncia em português, de imediato começou a ser conhecido, por todos, como HUSKEVARNA, — marca duma popularizada máquina de costura importada da Suécia, muito em voga naquele tempo, no nosso país.

Na quinta-feira anunciada, o Campo de Santa Cruz viu-se esgotado e invadido por multidão enorme, porquanto a expectativa era incalculável.

Os componentes das equipas principal e da reserva entraram no rectângulo, sem, contudo, em qualquer delas, se notar a presença tão desejada, do já célebre HUSKEVARNA.

Toda a assistência, atónita, ao redor do campo, se interrogava sobre os motivos que levariam a tão imprevista ausência, simplesmente um insólito percalço aconteceu, conforme a seguir se narra.

O espadaúdo e altarrão sueco, no balneário e a muito custo, conseguira camisola e calção que se lhe ajustassem, embora a rebentar pelas costuras. Contudo, para os seus gigantescos pés número 46 bico largo, não havia botas que lhe servissem, apesar dos exaustos esforços para tal efeito. Face à inesperada situação, sem remédio no momento, o HUSKEVARNA viu-se impossibilitado de comparecer ao treino de conjunto, deixando arrasado, de desilusão, o mar de aficcionados que ali se tinha deslocado propositadamente, para apreciar e aplaudir a sua apregoada perícia e grande capacidade de goleador.

Mas, nada perdido. Perante o invulgar e inimaginável problema, os dirigentes académicos logo se propuseram remediá-lo. De pronto, deram ordens ao sapateiro da BRIOSA, alcunhado de "Chocolate", para que, com a maior urgência e à medida certa, fizesse umas chuteiras número 46 bico largo, garantindo-se, assim, a presença do "craque" sueco no próximo treino.

E, na outra quinta-feira prevista, o Campo de Santa Cruz voltou a encher completamente, ainda com mais ávido frenesim da enorme assistência e já com a comparência (com botas e tudo) do farfalhudo e louraço jogador escandinavo, clamorosamente aplaudido, de pé, mal pisou o terreno.

O treino de conjunto iniciou-se. Logo nas primeiras jogadas, o esférico foi para a direita. Centro do exímio Ângelo a cruzar por alto a cair perto da grande área da equipa das reservas. O nosso HUSKEVARNA, alinhando a avançado centro da turma principal, correu periclitante e desajeitadamente (o que todos já estranharam), saltando sem nexo e sem, sequer, chegar à bola. Nervosismo de estreia ou peso de responsabilidades?

Novo lance. Desta vez um passe bem medido e a meia altura, frente à baliza, feito pelo "mítico" Bentes, bem propício a obtenção de golo.

Desta feita, o HUSKEVARNA olhou a bola no ar a cair perto dele. Balanceou o corpanzil com trejeitos esquisitos, em desiquilíbrio e — PUMBA! — desferiu fortíssimo pontapé, mas... à calha. Acto contínuo, uma núvem de terra se elevou do solo. O esférico passara incólume na sua trajectória, mas um enorme buraco ficou no terreno, feito pela biqueira da bota 46 bico largo do grandalhão sueco que, entretanto, se estatelou caricatamente no chão.

Episódios pitorescos em campo

Grande desilusão de todo o mundo que enchia, a transbordar, o Campo de Santa Cruz. É que o exame estava feito e a verdade veio ao de cima.

Afinal, o HUSKEVARNA, soube-se depois, não passava dum medíocre jogador amador suplente duma fraquíssima equipa lá da sua terra, cuja inventada fama — sabe-se lá por quem — tanto enganou a massa simpatizante da BRIOSA. E de que maneira e tão expectantemente!

Para finalizar este pitoresco episódio, falta acrescentar que a "malta" académica não levou a mal a tremenda desilusão provocada pelo estudante bolseiro sueco que, um dia, rumou a Coimbra.

Depois de todas as peripécias e reconhecida a sua inocência, levaram-no a uma "Real-República", pregando-lhe uma amistosa e monumental bebedeira, com festança até altas horas da madrugada.

E aí, sim, é que o celebérrimo HUSKEVARNA, dos pés grandalhões, se mostrou um *"exímio goleador de copos"* bem capaz de ganhar, por larga margem, a *"bota de ouro"*... número 46 bico largo.

Ao fim e ao cabo, quem ficou a ganhar com o "escândalo" foi o nosso conhecido EUGÉNIO CARVALHEIRA, que acabou por herdar as famosas botas n.º 46 bico largo, e que até aí e por dedicação à BRIOSA, se sujeitava a jogar com os dedos dos pés encolhidos, por não haver botas que servissem aos seus também grandes "pezões", a deixar bem vincadas, no solo, autênticas pégadas de... "dinossauro".

Inconvenientes das homologias

Desde sempre, que jogar na ACADÉMICA DE COIMBRA, é ter a oportunidade de praticar o futebol, num clube de eleição, e, em simultâneo, ter a possibilidade, garantida, de prosseguir os estudos até à licenciatura escolhida.

E, quantos e quantos jovens, através dos tempos, beneficiaram já dessa valorizante e pedagógica regalia, muitos deles ainda hoje vivos e gozando das consequências dessa opção.

Pese, embora, as mais recentes direcções da ACADÉMICA tenham a louvável iniciativa de constituir as suas equipas com o maior número de estudantes-jogadores possível, a actual orgânica carregadamente materializada de hoje e seus enredos de permeio, nem sempre lícitos, jamais permitirão que a BRIOSA, nesse aspecto, seja como antigamente.

Em tempos passados, antes dos cifrões terem tomado as guias do futebol e a política e o protoganismo pessoal nele se terem imiscuído, era ponto de honra a BRIOSA só aceitar, nas suas equipas, jogadores que, na realidade e comprovadamente, fossem estudantes. Tal decisão era de efeitos irredutíveis!

Para conseguir a colaboração de moços nessas condições, os dirigentes académicos tinham duas opções. Ou

Episódios pitorescos em campo

procuravam convidar jovens com tal indispensável atributo ou aproveitavam as informações provindas de simpatizantes da ACADÉMICA, residentes nos vários pontos do pais, sobre a existência, aqui e ali, de quaisquer moços habilidosos alinhando nos clubes locais, mas que, também fossem estudantes ou com a séria pretensão de prosseguir nos estudos.

E foi no aproveitamento duma dessas opções, que se deu o verídico episódio, que testemunhei e que passo a narrar.

Estávamos ainda no "defeso" da época de 1938/39. O treinador, apenas por abnegação e total amadorismo, era o Dr. Albano Paulo, uma antiga glória do futebol académico (já falecido há muitos anos), que, nessa mesma temporada, levaria a BRIOSA à conquista da I TAÇA DE PORTUGAL, vencendo o Benfica, em Lisboa, por 4-3, após uma memorável exibição, feito que, para além do mais, levaria centenas de estudantes que à capital viajaram (de todas as formas e feitios), a banhar-se de alegria (e não só!), nos lagos com repuxo existentes no Rossio, perante o pasmo e simpatia geral dos alfacinhas.

Pois, em certo dia desse "defeso" de 38/39, o Dr. Albano Paulo recebeu uma carta dum idóneo e bem conhecido simpatizante da ACADÉMICA, informando que, em certa localidade, perto de Viseu, existia um jóvem jogador chamado ANTÓNIO TEIXEIRA, cheio de habilidade e que frequentava o ensino liceal, portanto, com a condição "sine qua non" para poder ingressar na turma dos capas-negras.

Os dirigentes da BRIOSA, logo de pronto, escreveram ao indigitado e habilidoso moço, chamado ANTÓNIO

TEIXEIRA, sem dele terem, porém, o endereço mais correcto e completo, convidando-o para se deslocar a Coimbra, a fim de realizar um treino para apreciação definitiva das suas faculdades futebolísticas.

E o certo é que, o jovem ANTÓNIO TEIXEIRA, mesmo com a convocação com endereço incompleto (sinal de que recebera a carta), compareceu na terça-feira marcada, no Campo de Santa Cruz, para se sujeitar ao "juízo" final do treinador Dr. Albano Paulo, perante uma multidão de "teóricos", que, ao tempo, assistia sempre aos treinos semanais.

Foi uma maravilha. O moço ANTÓNIO TEIXEIRA deslumbrou toda a gente, e logo mereceu a definitiva aprovação geral, ficando assente, de imediato, o seu ingresso na ACADÉMICA.

Já na sede da BRIOSA, então sita na extinta Rua Larga, na Alta, houve que tratar de todos os pormenores para a transferência de clube, da futura residência do novel recruta e, como não podia deixar de ser, da inscrição do jovem estudante, no respectivo estabelecimento de ensino, o que, antes, nem ao de leve havia sido, sequer, aflorado.

E, foi, então, quanto a esta última parte, que o Dr. Albano Paulo perguntou ao habilidoso, mas titubeante rapaz e de poucas falas:

— E agora sobre os estudos. Você está pronto para seguir no liceu ou já para entrar na Universidade?

Surpreso com a inesperada pergunta e gaguejando um tanto, o jovem futebolista indagou inocentemente:

— Qual é mais perto da casa onde vou morar?

Episódios pitorescos em campo

Esta impensada interrogação do moço caiu como uma bomba. Todos os presentes ficaram atónitos. De boca aberta.

Mas, afinal, o que se dera para originar tamanha confusão. Apenas o facto de, na região de Viseu, e jogando em clubes diferentes, existirem dois jovens distintos, embora com o mesmo nome de ANTÓNIO TEIXEIRA, ambos extremamente habilidosos para o futebol. Todavia, um era, na realidade, estudante, o outro era aprendiz de sapateiro.

E os dirigentes da ACADÉMICA, sem o endereço certo e completo do verdadeiro ANTÓNIO TEIXEIRA indicado pelo simpatizante da BRIOSA, enganaram-se, involuntariamente, e tinham por isso convocado o seu homólogo, também residente na região visiense, o qual, prontamente, mas sem dúvida com alguma surpresa, se apresentou no Campo de Santa Cruz, onde, de facto brilhou a grande altura, mas que desfeito o engano regressou à terra, com a honra, pelo menos, de ter envergado a camisola dos capas-negras durante as horas do treino e rodeado de todas as atenções, mesmo depois do "barrete" enfiado pelos dirigentes académicos.

Enfim, este gracioso e inusitado acontecimento, foi mais um exemplo dos inconvenientes das homologias!

Eu, o guarda-chuva e o espectador da bancada

Ano de 1936. O vetusto e exíguo campo de Santa Cruz, ali no paradisíaco Parque da Sereia, era, todas as tardes, "democraticamente" retalhado em varias parcelas, nas quais dezenas e dezenas de equipas, compostas por miudagem liceal, disputavam intermináveis encontros de futebol, com bolas já tortuosas e cozidas alugadas ao Sô Zé (guarda do campo) e de equipamentos mais dispares, mas, quase sempre, com as próprias cuecas, camisolas interiores e sapatos normais.

As balisas, profusamente fixadas aqui e ali e correspondendo aos múltiplos e distintos grupos, eram formadas com as capas e batinas enroladas, com os livros ou com tudo o que pudesse servir de postes a delinear a área dos guarda-redes.

Enfim, uma autêntica barafunda em que, todavia, toda aquela rapaziada de verdes anos se entendia e não confundia, embora as inúmeras bolas e dezenas de intervenientes de cada uma das diferentes equipas, em veloz e simultâneo movimento, continuamente se entrechocassem durante o ardor da disputa dos lances de ataque e defesa.

Eu, com os meus então quinze anos, também fazia parte integrante e diária duma dessas aguerridas equipas.

E, quantas e quantas cuecas e camisolas interiores rasguei e quantos sapatos esmurrei...!

Mas, era ali, no velhinho Campo de Santa cruz, o mais válido e produtivo centro de recrutamento de futuros jogadores da BRIOSA desse tempo, onde os responsáveis do futebol académico iam observar e "pescar" os jovens mais habilidosos, a fim de, principalmente, passarem a constituir as equipas de juniores e das categorias secundárias, com possibilidades de chegarem a titulares, como aconteceu com alguns deles.

Tive a sorte de ser um desses moços "pescados", iniciando-se, assim, a minha longa vida desportista de que guardo as mais gratas recordações.

Durante doze anos enverguei a camisola negra da BRIOSA. De 1936 a 1942 e de 1949 a 1956, sempre em voluntário e puro amadorismo, apesar de componente da equipa principal e incondicionalmente imbuído daquela "mística" que, por razões sentimentais e de vária ordem, qualquer outro clube não transmite aos seus atletas.

Anos volvidos, pedem-me para reviver um episódio pitoresco passado na minha vida desportiva no mundo do futebol. Foram tantos, tantos e alguns deveras rocambolescos que, desta feita, limitar-me-ei a recordar um, passado em 1951, no Campo da Tapadinha, quando dum jogo contra o forte Atlético de então.

Era um desafio importante para as duas equipas, ambas inteiramente com a necessidade de vencer.

Tarde invernosa. Claque da BRIOSA, inúmera naquele tempo, emoldurando um dos lados do rectângulo com mar de capas negras a esvoaçar e incentivo e entusiásticos ÉFE-ÉRRE-ÁS. Do outro lado do recinto, sobretudo, nas bancadas mesmo sobranceiras à linha lateral, a claque de apoio do Atlético, não menos barulhenta e numerosa. Enfim, campo cheio a abarrotar.

Tempo muita chuvoso e muitos guarda-chuvas...

O jogo ia decorrendo com domínio alternado. A certa altura, o ponta esquerda dos alcantarenses isolou-se, com muito perigo, correndo isolado em direcção às nossas redes guardadas pelo Capela. A marcação do golo era iminente. Estávamos a vencer por dois a um e o empate não convinha nada aos objectivos da BRIOSA.

Face à rapidíssima e perigosa investida do adversário, não pensei duas vezes. Numa entrada mais dura, mas eficaz, choquei com o "fugitivo", derrubando-o e pontapeando a bola para bem longe.

Quase acto contínuo, caiu um guarda-chuva junto de mim, agressivamente arremessado, das bancadas, por um ferrenho adepto do Atlético.

Com uma calma exuberante, apanhei o guarda-chuva e dirigi-me, solícito, ao sector das bancadas de onde fora intencionalmente atirado, perguntando muito delicadamente:

— Por favor, de quem é este guarda-chuva?

Sem dúvida, surpreendido com a minha solicitude, um dos espectadores levantou-se e confessou em voz um tanto tímida e, também, delicadamente:

— É meu...

— Ah, é!, retorqui de pronto.

E, simultaneamente, quebrei o agressivo guarda--chuva, ao meio, com a minha coxa, atirando-o de seguida, todo esfrangalhado, ao legítimo proprietário que, como é de calcular, me cumulou com os maiores insultos, em coro com os demais adeptos alcantarenses, numa barulheira infernal, perante o meu sorriso malandreco.

No final do encontro, recolhi aos balneários rodeado por um filão de polícias a salvaguardar a minha integridade física.

Mas, valeu a pena. A nossa BRIOSA ganhou por dois a um!

Enfim, coisas do futebol de outras eras de que retenho um manancial de saudosas e gratíssimas recordações.

Pedroto e os seus gozões olés

Ontem, como, sem dúvida, ainda hoje, os espectadores dum encontro de futebol, seja de que escalão for, nem de longe se apercebem, sequer, da grande maioria de facetas "íntimas" que se passam entre os jogadores, durante o ardor da disputa directa da bola ou mesmo já com esta longe das suas posições em campo.

Poderão esses espectadores, é certo, dar conta das agressões, dos insultos ou gestos mais declarados e espectaculares trocados entre eles e visíveis, a olho nu, em todos os sectores do peão e da bancada. Porém, são completamente alheios (porque não vêem, nem ouvem) aos mais variados "pirôpos" de toda a índole, alguns até agrestes e obscenos, que certos jogadores mimoseiam, em surdina e entre si, durante os noventa minutos, sem mesmo que o árbitro dê por isso.

O caso que vou narrar passou-se comigo próprio e foi-me relembrado, porque já o havia esquecido, pelo Prof. Manuel Puga, antigo júnior do F. C. do Porto e internacional de voleibol, do mesmo clube, que, mais tarde, ocupou o cargo de Delegado da Direcção Geral dos Desportos, que não esconde a sua assumida simpatia pela BRIOSA, apesar de nunca ter estudado ou residido em Coimbra.

Episódios pitorescos em campo

Antes de iniciar a narração do episódio, devo dizer com toda a franqueza e frontalidade, que sempre fui, confesso, um jogador viril, de antes quebrar que torcer (rude, se quiserem), mas nunca me servindo de quaisquer "fraseologias" impróprias que menosprezassem, psicológica ou moralmente, os adversários. Lá "turquesadas"... dei muitas, mas "mimos" insultuosos, nunca(!), o que me coloca à vontade, portanto, para evidenciar o caso que se passou num F. C. do Porto-Acadêmica, em 1953, já no estádio das Antas.

Todos se lembram do célebre Pedroto, jogador exímio, internacional fora de série e depois treinador de renome (na Académica, também), que deu vários títulos de campeão nacional ao F. C. do Porto e deixou, perene fama e saudosa memória, continuando, ainda hoje, a ser inesquecível "mito" para os ferrenhos "dragões" portuenses.

Ora, sem beliscar, minimamente, o seu carácter cívico e moral de cidadão íntegro que evidenciou durante a sua curta vida, devo, no entanto, dizer que o saudoso Pedroto, apesar de todas as suas excelsas virtudes futebolísticas que maravilhavam a assistência, tinha, contudo, um grande e inadmissível defeito. Como não lhe bastasse já a sua nítida superioridade técnica para iludir o adversário, em jogadas magistrais, gostava, quase sempre, de gozá-lo no próprio momento em que o ultrapassava, com pirôpos nada lisongeiros e, até, por vezes, contundentes. Era, verdade se diga, o "calcanhar de Aquiles", um intolerável "vício" desse idolatrado ás do futebol.

Esse "defeito" do Pedroto já era conhecido por muitos jogadores das outras equipas, que, claro, se sentiam ofendidos no seu foro íntimo, porque, é certo, os "dichotes" eram assás ofensivos.

No citado jogo F. C. do Porto-Académica, o Duarte, o apelidado "Massas" do meu tempo, depois distindo médico analista, em Coimbra, e o louraço algarvio Abreu, mais tarde conceituado clínico, em Faro, já se me tinham queixado (talvez por eu ser mais velho e experiente), de que o famoso Pedroto, na sua habitual irreverência, já os tinha cumulado de zombeteiros "OLÉS", sempre que os "driblava", acompanhados de sorrisinho gozão.

Podia, é certo, eu não ter nada a haver com isso, mas não gostei, tanto mais que o Duarte e o Abreu eram meus companheiros de equipa e de um comportamento correctíssimo, envergando a camisola negra que a todos nos unia, para o melhor e para o pior. E, vai daí...

As jogadas foram-se desenvolvendo e, a certa altura, proporcionou-se o meu encontro directo (ocasionado, propositadamente, por mim) com o célebre Pedroto, que conduzia um ataque às nossas balizas defendidas pelo gigante Capela.

Claro, que o grande "mestre" me fintou, num "dribling" perfeito, seguido, também, do seu irritante e sarcástico "OLÉ", como se, salerosamente estivesse toureando em plena arena.

Não devia fazê-lo (ate às paredes confesso), mas, não gostei. Não resisti e fiz.

De imediato, mandei-lhe uma "pranchada" como mandam as "más regras", ficando o Pedroto, contundido e estatelado no relvado, a ouvir-me dizer em tom alto e jucoso: — FOSTE COLHIDO!

Segundo se provou depois, o genial jogador continuou a passear, nos rectângulos, a sua inconfundível classe, mas cerceou, de vez, o seu imperdoável "vício" de malquistar e inferiorizar os adversários com as suas expressões gozonas e deveras depreciativas.

Enfim, lá diz o ditado: — há males (o da "pranchada"), que vêm para o bem (a da regeneração do Pedroto)!

Alcunhas dos jogadores da Briosa

Tantas vezes, mas mais antigamente do que na actualidade, muitas pessoas eram apelidadas de "alcunhas" resultantes do seu inusitado comportamento individual, da sua aparência física ou de qualquer outro facto, relevante, que as distinguisse das demais.

Recorde-se, entre outros casos, por exemplo, que até os nossos trinta e seis monarcas (incluindo os espanhóis, de má memória!), "bem como os da restante Europa, mereceram os seus distintos cognomes, para não falar já de outras figuras proeminentes do mundo da ciência, das artes, da política ou de outras actividades.

Na generalidade, tais "alcunhas" nada tinham de pejorativo ou, sequer, de desprestigiante. Antes pelo contrário. Eram, sumamente, honrosas para os apelidados.

Neste tradicional e curioso cenário, lembro que nem os jogadores da BRIOSA escaparam a essa crismática regra. Muitos deles, igualmente, foram "alcunhados", com graça e amistosamente, pelos próprios companheiros de equipa e, até, pelos inesquecíveis e celebérrimos "TEÓRICOS" de então, nessa altura sediados, infalível e diariamente, nos antigos Arcádia e Montanha(?), onde, a sua irreverente maneira, "escalpelizavam", em críticas acesas, as actuações da "sua" ACADÉMICA e projectavam "infalíveis tácticas vencedoras", rabiscadas, sabiamente, à frente de uma bica e nos próprios tampos da mesa de café, que rodeavam.

Antes, porém, de entrar directamente no tema que me propus divulgar impõe-se uma apresentação, a fim de tornar mais credíveis as considerações que se seguem.

Sou natural de Coimbra, onde residi durante trinta e sete anos consecutivos. Iniciei-me nos juniores da ASSOCIAÇÃO ACADÉMICA em 1936. Fui, inclusivè, director do "histórico" PONEY, nas suas áureas épocas. Tal perfil, contabilizou-me uma assídua convivência salutar e íntima com várias gerações estudantis, o que permite, agora e de quando em vez, trazer à ribalta alguns episódios do meu tempo.

Depois deste intróito necessário e justificativo, ora, vamos, então, refrescar a memória e recordar, apenas e sucintamente, alguns dos antigos jogadores titulares da BRIOSA, que mereceram essa especial e apreciativa distinção, procurando situá-los nas correspondentes épocas e explicando as razões específicas das respectivas "alcunhas".

(Anos 20) — JOAQUIM GONÇALVES, avançado, o ISABELINHA, uma relíquia da ACADÉMICA. Pelo seu fino trato, físico franzino. Educadíssimo até para com os adversários. — CORTE-REAL, defesa, o CHARRUA, pelo estilo de "varrer" toda a sua grande área. — (Anos 30/40) — JOSÉ MARIA ANTUNES, defesa, o ZÉ BARROTE, pela sua hércula estatura e pontapé potentíssimo capaz de furar um muro. — TIBÉRIO ANTUNES, guarda-redes, o GALÃ, por, em todos os jogos, usar sempre uma camisola de cores vivas diferente, colarinho branco de fora, feitas propositadamente pela noiva. (Anos 30/40/50) — ANTÓNIO CURADO (eu próprio), defesa, o TANK, por actuar mais à base da energia, levando "bola e adversário" à sua frente. — FERNANDO LEITE (NANA), avançado, o BOCHECHAS, outra relíquia da BRIOSA, habilidoso nato. Por ter bochechas à Mário Soares. — MANUEL OLIVEIRA, médio, o ESTUDANTE DE OXFORD, por, além do futebol, praticar quase todas as modalidades. — (Anos 40) — ANTÓNIO MARIA, avançado, o FAÍSCA, pela rapidez das suas incursões rectilíneas a caminho da baliza. (Anos 40/50) — ANTÓNIO BENTES, avançado, o RATO ATÓMICO, um fenómeno. Pela sua pequena estatura, estonteante velocidade, destruindo as defesas com golos monumentais. — MANUEL CAPELA, guarda-redes, o BOM GIGANTE, pela sua grande sensiblidade num corpo enorme, aliada a comprovada categoria. — JOAQUIM BRANCO, defesa, o PADRE AMÉRICO, por nunca beliscar, sequer, ao de leve, qualquer adversário, mesmo na expectativa de perder o lance ou de sofrer um golo. — DUARTE, avançado, o MASSAS, por nos jogos ao "sete e meio" com os colegas, sempre calado e envolto na capa, apenas interromper o seu silêncio, exclamando, surdamente, "massas", quando ganhava. — PACHECO NOBRE, avançado, o PANTUFAS. Pelo seu correr silencioso e "driblar" sereno, usando, já nesse tempo, botas tipo sapato sem contra fortes, autênticas pantufas, Anos 50/60) — MÁRIO WILSON, defesa, o CAPITÃO, pela sua eficácia de grande categoria técnica e notabilidade no comando dos seus colegas, em campo.

Outros nomes e "alcunhas" de jogadores da BRIOSA doutros tempos, muitos dos quais meus companheiros de equipa, me perpassam pela memória, mas os referenciados já bastam para confirmar e justificar o reavivar de recordações e que servirá até, de homenagem a todos aqueles que, em qualquer época ou em qualquer categoria e modalidade, tiveram a honra de envergar a camisola da ASSOCIAÇÃO ACADÉMICA, fazendo dela um "clube sui generis e diferente", cuja continuidade será bem viva, quer esteja na I, II ou III divisão, porque P'LA BRIOSA... SEMPRE!

ATÉ OS CÃES UIVARAM DE CONTENTAMENTO

Extrato do livro "PATRÕES FEUDAIS", publicado em 1974, dedicado a todos os prepotentes do mundo

Ouve, lá!

Lembras-te daquele fulano da casa solarenga, lá para os lados do Calhabé, em Coimbra, de enorme jardim bem tratado, com alto portão de ferro encimado por vistoso escudo brasonado e que afugentava os miúdos e os pedintes, com os seus enormes cães de guarda?

Foi, hoje, a enterrar!

Ouvi dizer, que morreu de enfarte, depois de concorrido e lauto banquete para comemorar o seu aniversário.

Ainda recordo, anos atrás, de ver aquela figura imponente, a transbordar superioridade, quando, a pé, o que era raríssimo, mirava as pessoas por cima da gola de pêlo de raposa, do seu sobretudo de boa camurça e que, em que tudo, nele, era sintoma de nítida soberba e poder,

Lembro ainda, também, aquele seu aspecto de altiva indiferença, com que, de soslaio, olhava todos por detrás das janelas do seu potente e luxuoso Mercedes preto, cheio de reluzentes cromados e de buzina estridente para dar nas vistas.

Era um petulante, um pretenso omnipotente. Um cretino mascarado de ser humano!

Todos o olhavam com mais temor do que por respeito. O ror de criadagem, que tinha na sua apalaçada vivenda e os empregados, miseravelmente pagos, que escravizava na sua rendosa fábrica, quando ele passava, curvavam-se em submissas reverências. Temiam o seu poder e a sua voz autoritária, fria e impessoal. Olhavam-no como a um deus, inatingível e de sobrenatural existência.

Na verdade, ele julgava-se, convencidamente, senhor de tudo e de todos. Julgava-se senhor de quanta terra os seus olhos lobrigassem e das pessoas que com ele conviviam ou com ele se cruzassem na rua. Era um autêntico déspota, um tirano, que fazia de todos seus escravos.

Todavia, a sua execrável forma de estar e de viver, todo o mundo que ele próprio criara à sua volta, era, porém, consequência da sua vaidade e das suas mentiras. Tantas e tão fantasiosas, que até ele mesmo se convenceu da sua deformação. Não era já a sua mente natural que norteava o seu comportamento, mas sim, as teias de um imaginário que invadira a sua massa cinzenta, transformando-o num paranóico.

E, por isso, ele próprio se julgava senhor dum passado que nunca tivera. Por isso, se pavoneava ao falar e em mostrar a galeria de quadros, que adquirira, aqui e além, afirmando, mentindo, que perpetuavam a sua inventada ascendência e episódios de batalhas de antanho, onde identificava pseudo-tetravós de farta bigodaça, de espada em riste e peito medalhado, sem esquecer o falso anel brasonado que, com ostentação, ornava o seu dedo de unha comprida e envernizada, mandado fazer de encomenda ou comprado nalgum prestamista.

Na sua doentia imaginação, vangloriava-se da sua incomensurável riqueza pessoal, ganha, como ele acintosamente afirmava, com a sua competência e saber, quando, afinal, embora em segredo, muitos soubessem que ele nem, sequer, tinha a quarta classe e que o seu milionário pecúlio fora herdado de parentes pobres, como ele o era, enriquecidos depois, mercê de árduos trabalhos, nos sertões do Brasil.

E foi desta inesperada metamorfose, de bem pobre para muitíssimo rico, que nasceu a perversa personalidade do tal fulano da casa solarenga, lá para os lados do Calhabé, em Coimbra, que morreu de enfarte, depois de concorrido e lauto banquete para comemorar o seu aniversário.

Antevia-se um funeral a condizer com o estilo do "grande senhor", com grande pompa e circunstância, em urna do melhor mogno conduzida por limusine de luxo, seguida de vistoso cortejo de gente alta roda e criadagem e empregados, com a sua melhor roupa, a carpir de mágoa e de sincera e sentida dor. Enfim, uma condoída manifestação de tristeza.

Pasmo geral, porém!

Do alto portão de ferro encimado por escudo brasonado da casa solarenga, saiu uma vulgar carreta mortuária, com modesto caixão de pinho, apenas acompanhado pelos quatro "gatos pingados" da agência funerária, um padre e um sacristão, a caminho do cemitério, onde uma simples campa rasa aguardava o falecido. Nem uma coroa, nem um ramo de flores. Nem mais viva alma!

Os herdeiros ficaram em casa, indiferentes à morte de tão insuportável parente e mais preocupados, sim, com a divisão das partilhas, não fossem os outros beneficiar de maior parcela dos teres e haveres do para sempre desaparecido, que sabiam de alto valor.

Os amigos, os companheiros de elite e das alegres e opíparas festas, no frondoso jardim da casa solarenga que de vez terminaram, nem, sequer um esteve presente no último adeus.

Os criados e empregados da fábrica do feudal tirano patrão, que tão desumanamente os espoleava e amesquinhava a troco de míseros tostões de ordenado, aceitaram, como um bem providencial, o seu desaparecimento e primaram por propositada e total ausência no funeral.

Vizinhos e toda a gente, cinicamente desprezados, no dia a dia, pelo "grande senhor", ao saberem da sua morte, foram bem cruéis no seu sentencioso desabafo: — Nem a divina benevolência de Deus poderá perdoar os seus medonhos pecados, nem a terra lhe poderá ser leve!

E, para cúmulo dos cúmulos, até os enormes cães de guarda que, submissos, lambiam as mãos do altivo e carrasco dono, uivaram de contentamento por se verem livres daquele fulano da casa solarenga, que os instigava, maldosamente, a afugentar os alegres miudos, nas suas inocentes brincadeiras, e os esfarrapados pedintes a suplicar uma côdea de pão.

De nada lhe valeu, portanto, a faustosa vida que levou, nem a prepotência de que era símbolo.

Morreu de enfarte e jaz, agora, em campa rasa, como a dos pobres mais pobres, a ser consumido pelos germes até se transformar em cinza, pó e nada!

MENINOS DE BIBE E CALÇÃO

*Extrato do livro com este título, publicado em 1992,
dedicado aos alunos das escolas primárias*

Aos companheiros de bibe e calção curto

Vão longe os verdes anos da nossa Juventude. E, muito embora, os cabelos brancos polvilhem já as cabeças de quase todos nós, isso não importa, pois, que o nosso jovial e alegre espírito, sobrepondo-se à poeira dos tempos, faz-nos sentir teimosamente remoçados e prontos para prosseguir na senda dos nossos destinos, com a fé e a esperança bem próprias daqueles que tiveram a nossa formação e possuem, por isso, um passado de recordações para sempre perduráveis e nos transportam aos primórdios da nossa existência.

E isso acontece, principalmente, quando ocasionalmente nos encontramos ou reunimos, para matar saudades, em almoços de convívio e de confraternização realizados de quando em vez.

Nesses especiais momentos, mais do que em qualquer outra altura, sentimo-nos "meninos e moços", esquecendo, por largas horas, as agruras da vida e o peso da idade, sobretudo, se recordarmos o nosso passado e revivermos, com o possível realismo, tudo o que as nossas mentes consentirem.

E como, recordar, é viver, deixem que aqui relembre pessoas e locais que foram personagens e palco da nossa tenra idade e que, ainda hoje, em cada um de nós, provocam emotiva e insuperável saudade.

Recordemos, em sentida e eterna homenagem, o inesquecível professor Moura, da escola primária da rua do Cabido, que aturou as nossas diabruras e "encaixou", nas nossas cabeças moças, os primeiros e essenciais ensinamentos para o futuro.

Recordemos, também, os miúdos que fomos, de bibe e calção curto, e lembremos, igualmente, o jogo da malha, o jogo do pião, o aperta a lança, o jogo dos polícias e ladrões, as corridas de arco, a barra, o boné catra póne lai vai o boné, o jogo do berlinde, o salto estátua, o jogo dos botões, o futebol com bolas de trapo no campo do Penedo da Saudade ou no Largo do Museu, e tantos outros entretenimentos de outras eras e em que éramos os mais pródigos artistas.

Recordemos o tilintar da "Cabra" da Torre da Universidade, bem como o som triste do majestoso Sino da Boa Morte e o alegre trinar da sineta, que anunciava casamentos e baptismos, na imponente Sé Nova, no Largo da Feira, onde a grande maioria de nós se baptizou e celebrou a Primeira Comunhão.

Recordemos toda a bela Coimbra e, especialmente, a saudosa Alta, onde se situava a nossa escola primária, e, entre outras, a rua da Matemática, o Arco do Bispo, o Largo do Borralho, a Couraça dos Apóstolos, sem esquecer, o largo da Sé Velha, a rua do Colégio dos órfãos, a rua do Correio, o Rego de Água, a rua dos Estudos, o Largo do Castelo, a rua dos Militares, a de Sub-Ripas, a Estrada dos Jesuítas, a rua dos Anjos e os Arcos do Jardim, as Escadinhas do Liceu, a rua dos Loios e de

S. João, a Alameda do Leão, a rua Larga e tantas outras mais, onde muitos de nós nascemos e residimos e tantas vezes calcorriámos em loucas brincadeiras e correrias.

Recordemos, também, as figuras populares do nosso tempo. O Ricardo Caganêta, com o seu vocabulário de asneirentos insultos, quando propositadamente o interpelávamos. O Descanso Semanal, que repudiava o trabalho e passava os dias na pedinchice, sentado aqui e ali. O magricela Morte em Pé, com o seu andar de sonâmbulo, cujos ossos pareciam romper-lhe a farpela. O Zarolho da Perna Ingrata, de passadas ziguezagueantes e olhar em bico. A famosa "coisa" de Aço, iniciadora de muita juventude nas artes do amor, bem como as suas colegas Vou Lá Eu ou a Minha Irmã. O Pêra Sacristão, que nos perseguia, de vassoura em punho, quando lhe invadíamos a "sua" Sé Nova. O pernalta desengonçado Calmeirão, célebre maestro das festivas fogueiras de S. João. A Aninhas do Leite Morno que, "a sua porta e logo ao romper do dia, servia o frugal pequeno almoço aos passantes, quase sempre no mesmo púcaro mal lavado. A Maria do Cu Fresco, que dada como morta e depositada na mesa de pedra fria do necrotério, no Largo do Museu, reanimou muitas horas depois, para espanto geral e até dos próprios médicos.

Teremos de recordar, entre muitos mais, o Cabeças, a Maria das Sebentas, o Cacau, o Chuque-Chuque, o Vaca Assada, o Dim-Dim, o barrigudo cabo Teodósio do trombone e o Marques polícia da corneta desafinada, sem esquecer o Dr. Patacão, da rua dos Militares, que, qualquer que fosse a doença, receitava sempre, aos pacientes, papinhas de linhaça e um copo de água do mar.

Mas, a par destas personagens tipicamente populares, outras figuras houve, doutros extractos sociais, que, devido às suas peculiares características e maneira de ser, nos eram diariamente familiares nos nossos tempos de rapazotes, e que mereceram a nossa crisma. Por exemplo, o Almeida Casadinho, chefe de finanças na Câmara Municipal, por andar sempre agarrado à esposa. O Zé Coxo do Gis, por ser aleijado duma perna e ter uma fábrica fornecedora das alfaiatarias. O Monstro dos Bilhares, por ser deveras corpulento, ser coxo e ter um estabelecimento da especialidade, primeiro no Largo da Feira e depois na Praça da República. O Salazar da Merceraia. O Pinharanda da Farmácia, O Mário Paixão Barbeiro e o Zé Beltrão Coxo. O Manôlo Espanhol, sem esquecer o Zé Zebiário e o Claudomiro do Buraco, tasca muito concorrida. O Arnaut Encadernador e o Marques Alfaiate. O Fernando Latoeiro. O Manuel da Malucas, um velhote inveterado conquistador de sopeiras. O célebre e inesquecível Pirata da Leitaria, ao cimo da rua de S. João, pertinho da Universidade, um crédulo e sistemático fiador aos estudantes em penúria. Enfim, uma longa lista de pessoas do nosso tempo de bibe e calção, que ainda hoje muitos de nós relembramos com saudade.

Mas, recordemos, para findar, as surtidas temerárias ao quintal do Manel Pirête e às estufas do Jardim Botânico, onde, habilmente surripiávamos laranjas e outras saborosas frutas, apesar do perigo que corríamos em tais surtidas diurnas e nocturnas.

Ainda hoje me vêm à memória os banhos, em grupo, completamente nus ou em cuecas, nas águas do lendário Mondego, nas noras da Ínsua dos Ventos ou no Choupal.

Meninos de bibe e calção

E quem, da minha geração, não se lembra também, dos estribos dos eléctricos onde, acrobática e valentemente, nos dependurávamos em viagens clandestinas, tantas e tantas vezes perseguidos por um polícia ou pelos furiosos guarda-freios.

A panorâmica que aqui tracei, tão resumidamente, mas com tanta emoção e saudade, corresponde, apenas, à minha parcela contributiva para acrescer às inúmeras recordações dos demais companheiros da saudosa Escola Primária do Professor Moura.

Portanto, que no seu conjunto, as minhas e a de todos eles, completem a história da nossa mocidade, especialmente, quando éramos os garotos traquinas de bibe e de calção curto.

BIOGRAFIA DO AUTOR

Coligida, com ternura por sua filha Silvana

ANTÓNIO HENRIQUES CURADO, nasceu em Coimbra, a 6 de Janeiro de 1921, onde estudou até 1942, com o intuito de se licenciar em Direito.

Fez parte das equipas de futebol da Associação Académica de Coimbra (1936/42 e 1949/56) e do vitória de Guimarães (1944/56), período em que foi convocado sete vezes como suplente da Selecção Nacional, pela qual apenas alinhou, como titular, no encontro frente à Selecção de Portugal e Ultramar, em 1947 na Festa de Despedida do "internacional" Mariano Amaro, do Belenenses, realizada no campo das Salésias, em Lisboa.

Entretanto, recebeu convites para ingressar nos principais clubes portugueses, Belenenses, Benfica, F.C. do Porto e Sporting, e, também, do Sporting de Benguela (Angola), Ferroviários de Lourenço Marques (Moçambique), da Real Sociedad de San Sebastian (Espanha) e da Portuguesa de S. Paulo (Brasil), tendo sido, talvez, o primeiro jogador português a ser convidado a ingressar em clubes estrangeiros.

Durante a sua carreira desportiva, consumada em 20 anos, actuou, também, em jogos particulares, na Madeira, Angola, Moçambique, África do Sul, Brasil, Espanha e Bélgica, tendo sido, ainda, componente efectivo, várias vezes, das Selecções de Coimbra, do Norte contra o Sul e do Minho, capitaneando, esta última, no encontro com a Selecção Nacional, quando da inauguração do Estádio 28 de Maio, em Braga (1947), onde, segundo a crítica geral, foi o melhor jogador em campo.

De 1950 a 1954, foi director e redactor principal do jornal académico sátiro-humorístico "O PONEY", que, em 1929, fora fundado pelo célebre "estudante-boémio" Castelão de Almeida, tendo sido, ainda, cronista em diversos periódicos nacionais e correspondente da "GAZETA ESPORTIVA", de S. Paulo-Brasil.

Em finais de 1951, escreveu o livro "PONTAPÉS P'RÓ AR", editado pelo PRIMEIRO DE JANEIRO, cuja tiragem se esgotou num ápice, onde glosava ocorrências de figuras e factos do futebol da BRIOSA.

Em Julho de 1951, tendo em conta o seu valioso contributo na defesa da Associação Académica de Coimbra (onde se iniciou nos juniores em 1936) e à grave lesão sofrida em pleno jogo, foi homenageado pela respectiva Direcção e simpatizantes da BRIOSA e pela Associação de Futebol de Coimbra, em evento realizado no Campo de Santa Cruz, em que estiveram, frente a frente, as "velhas--guardas" do Sporting Clube de Portugal e da equipa da Académica que, em 1938/1939, conquistou a I TAÇA DE PORTUGAL, em Lisboa, na memorável final com o Benfica (4-3).

De 1954 a 1983, pertenceu aos quadros superiores da CIDLA/SACOR, mais tarde PETROGAL com vários louvores e prémios por assiduidade, zelo e muita competência, todos oficialmente exarados em actas da Empresa.

Em 1972, fundou e inaugurou, no Porto, as instalações da delegação da CASA DO PESSOAL da CIDLA/SACOR, da qual foi Delegado e eleito SÓCIO DE MÉRITO, em Assembleia Geral efectuada na sede, em Lisboa, sob a presidência do Administrador Geral da Companhia, Francisco do Cazal Ribeiro.

Também, em 1972, fundou e dirigiu o mensário BOLETIM INFORMATIVO DOS TRABALHADORES DA CIDLA, distribuído em todos os quandrantes da Empresa, no país, e organizou, ainda, quatro "RALIS AUTOMÓVEIS" entre os trabalhadores, para disputa da "TAÇA GAZCIDLA", com itinerários no norte, que reverteram em total sucesso desportivo e de confraternização.

Em 1973, foi homenageado pela Administração da CIDLA e pelos colegas, num almoço de convívio realizado na Penha-Guimarães, presidido pelo presidente da Câmara Vimaranense, Dr. Araújo Abreu e com a presença dos Agentes locais da Empresa.

Em Março de 1974, publicou o livro "PATRÕES FEUDAIS — ELEMENTOS INDESEJÁVEIS", versando o tema sobre as relações entre trabalhadores, patronato e sindicatos, o qual se esgotou rapidamente.

Em 1982, fundou a ASSOCIAÇÃO DOS REFORMADOS DA PETROGAL, a nível nacional, com sede no Porto e delegações em todas as instalações da Empresa (Continente e Ilhas), para o qual foi eleito Presidente da Direcção e, simultaneamente, seu SÓCIO HONORÁRIO.

Em 1983, fundou o jornal "O REFORMADO DA PETROGAL", gratuitamente distribuído pelos milhares de colegas trabalhadores, quer já reformados quer ainda no serviço activo, em todo o país.

Em 1992, escreveu e editou o livro "MENINOS DE BIBE E CALÇÃO", dedicado aos antigos alunos da Escola

Primária PROF. MOURA, de Coimbra, que também frequentara em 1928, edição essa que se esgotou.

Ainda em 1992, foi um dos fundadores e directores da ASSOCIAÇÃO DOS ANTIGOS ESTUDANTES DE COIMBRA NO PORTO, de parceria, entre outros, com o Juiz Desembargador Diogo Fernandes, Eng. Amaro Correia e Drs. Braga da Cruz, Francisco Pimentel, etc.

Igualmente, em 1992, fundou, com o prof. Eugénio Carvalheira, a CASA DA ACADÉMICA DE COIMBRA NO PORTO, ponto convergente dos académicos radicados no norte, do qual foi eleito Presidente da direcção e, simultaneamente, nomeado pela ASSOCIAÇÃO ACADÉMICA DE COIMBRA/OAF, como seu Delegado na Cidade Invicta.

Em 1995, foi o principal promotor da campanha para a realização do 1.º GRANDE CONGRESSO DO FUTEBOL ACADÉMICO, organizado depois, em Coimbra, com "record" de assistência, por comissão formada, entre outros, pelo Embaixador José Fernandes Fafe e Eng. Jorge Anjinho.

Em 1996, como reconhecimento público da sua constante luta em defesa dos interesses sociais dos antigos trabalhadores da PETROGAL, foi homenageado e distinguido com o galardão "FIGURA DO ANO/96 — EXEMPLO DE SOLIDARIEDADE", pelo GRUPO DESPORTIVO E CULTURAL da Empresa, em sessão realizada na Refinaria do Porto, em Leça da Palmeira.

Em 1997, dado o seu prestigiado passado de cidadão e desportista, quando da sua permanência na Cidade-Berço, cuja equipa de futebol capitaneou de 1944 a 1948, foi homenageado pela Direcção do VITÓRIA DE GUIMARÃES, presidida do pelo Dr. Pimenta Machado, com a atribuição da tarja "CAPITÃO VITALÍCIO DAS EQUIPAS DO VITORIA" e entrega duma placa comemorativa.

Em 1998, pela sua incondicional dedicação, como jogador, sempre amador, desde os juniores (1936) até ao final da sua carreira (1956), e tendo, ainda em conta, a continuidade dessa comprovada dedicação, foi homenageado, de parceria com o Coronel Carlos Faustino (uma das glórias da I.ª TAÇA DE PORTUGAL), pela CASA DA ACADÉMICA EM LISBOA, presidida pelo Dr. Álvaro Amaro, em jantar de confraternização realizado no Casino do Estoril, com presença de cerca de um milhar de académicos e antigos estudantes de Coimbra, tendo-lhe sido oferecida uma placa comemorativa do evento.

Como prova sentimental dos laços que o ligam a COIMBRA e à BRIOSA, inscreveu seu neto, *Guilherme Guerreiro Curado,* apenas com 21 dias de idade, como sócio da ACADÉMICA, com a esperança que venha a ser, igualmente, um futuro Estudante de Coimbra e jogador da BRIOSA.

Findando esta extensa biografia, acrescente-se que o autor foi também, um reputado "bon vivant" nos seus tempos de jovem, designadamente, quando fez parte integrante, nas décadas de 30/40, da trupe do célebre estudante PICA, um dos mais irreverentes boémios que passaram por Coimbra.

Que os leitores me perdoem o orgulho, mas esta é a verdade biográfica (esquecendo os naturais defeitos humanos) de ANTÓNIO HENRIQUES CURADO, elaborada, com muita ternura, por sua filha

Silvana

ÍNDICE

Introdução 9

Sobre Coimbra e a Briosa 11

    Cartas que me chegam de longe 13

    Académica um clube universal 16

    Jogar na Briosa é ter futuro assegurado! 19

    Decaída e envelhecimento da massa associativa da Briosa 23

    Brasileira e Café Arcádia 28

    Campo de Santa Cruz 33

    S. Sebastião e as setas 39

    Se o jardim dos patos falasse... 42

Figuras de vulto da Briosa 45

    António de Almeida Santos, exemplo de fidelidade à Briosa 47

    António de Oliveira Júnior — o Oliveirita da Académica 51

    Campos Coroa... um doido pela Briosa 53

    Francisco Soares — o Chico Soares do meu tempo 55

José Fernandes Fafe — A "mística" Académica 58
José Paulo Cardoso — O Zé Paulo para os amigos 60
Manuel Capela — Um ídolo da Briosa e do futebol nacional 64
Xanana Gusmão — adepto da Briosa 68

Sobre o "estudante-boémio" Pica 73
    "Estudantes-boémios" de renome 75
    O Pica e o seu génio improvisador 79
    O Pica e a cena eventualmente chocante 84
    Pica, o irreverente boémio benquisto 88
    Luis de Camões e Pica — os deportados 93
    O Pica, Eu e os lanches dos defuntos 98
    O Pica, Nós e o mouco indesejável 103

Episódios pitorescos em campo 107
    Huskevarna — o jogador sueco dos pés grandes 109
    Inconvenientes das homologias 114
    Eu, o guarda-chuva e o espectador da bancada 118
    Pedroto e os seus gozões olés 122
    Alcunhas dos jogadores da Briosa 126

Até os cães uivam de contentamento 131
Meninos de bibe e calção curto 137
Biografia do Autor 145